PABEL-Taschenbuch

MD 161

C. H. GUENTER

KOMMANDOEINHEIT 33

ERICH PABEL VERLAG GMBH, 7550 RASTATT

MD-Erfolgsnachdrucke erscheinen monatlich
im Erich Pabel Verlag GmbH, Pabelhaus, 7550 Rastatt

Titelillustration: Norma/Segrelles

Druck und Bindung: Elsnerdruck, Berlin
Verkaufspreis inklusive gesetzliche Mehrwertsteuer
Alleinvertrieb und Auslieferung in Österreich:
Pressegroßvertrieb Salzburg, Niederalm 300,
A-5081 Anif
Einzel-Nachbestellungen sind zu richten an:
PV PUBLIC VERLAG GmbH, Postfach 51 03 31, 7500 Karlsruhe 51
Lieferung erfolgt bei Vorkasse + DM 3,50 Porto- und Verpackungsanteil
auf Postscheckkonto 85234-751 Karlsruhe oder per Nachnahme
zum Verkaufspreis plus Porto- und Verpackungsanteil.
Abonnement-Bestellungen sind zu richten an:
PABEL VERLAG GmbH, Postfach 2362, 7550 Rastatt
Lieferung erfolgt zum Verkaufspreis plus ortsüblicher Zustellgebühr
Printed in Germany
Juli 1987
ISBN 3-488-20441-3

1.

Ein grauer Juliabend in London.

Gegen 23 Uhr wurden in der Fleet Street nacheinander die Rotationsmaschinen der großen Tageszeitungen angehalten. Die Wochenendausgaben bekamen eine neue Titelseite.

Abhängig von der technischen Ausrüstung dauerte dies von wenigen Minuten bis zu einer halben Stunde.

Ob Times, Mirror oder Daily Express, alle Blätter zierte jetzt eine fette Schlagzeile. Meistens war sie noch rot unterstrichen. In jeder der Überschriften kam das Wort „Geldraub" vor.

Der Redakteur des Mirror verfügte offenbar über die besten Quellen. Unter der Headline: DREISTER GELDRAUB BRICHT ALLE REKORDE, schrieb er in dem für britische Journalisten typisch lockeren Ton:

Nach beinah einem Vierteljahrhundert, und einer Reihe unzulänglicher Versuche, gelang es heute einer internationalen Bande, endlich den Rekord der legendären Posträuber zu brechen. Woran schon niemand mehr so recht glaubte, wurde vor zehn Stunden zwischen London und Edinburgh Wirklichkeit. Der gepanzerte Geldtransporter der Bank of England, unterwegs nach Schottland, kam auf rätselhafte Weise abhanden. Da es sich um ein absolut überfallsicheres Fahrzeug neuester Bauart handelt, dem weder mit Bazookas noch mit Flammenwerfern oder Gas beizukommen ist, dessen Besatzung über eine ei-

gene Sauerstoffversorgung verfügt und ständig in Funkkontakt mit den Sicherheitsbehörden steht, muß von einem perfekten Anschlag gesprochen werden.

Wie wir hören, wurden die Grafschaften Roxburgh, Northumberland und Yorkshire zur Sperrzone erklärt. Immerhin fehlen der Bank of England seit heute mittag dreißig Millionen Pfund Sterling. Das sind eine Handvoll Millionen mehr als zu Zeiten von Reynolds & Biggs und ihren Spießgesellen im Jahre des Postraubs.

Die anderen Kommentare lauteten ähnlich. Auffallend war, daß sich niemand über den Vorfall entrüstete. In England galten Gangsterstückchen dieser Größenordnung seit Robin Hood als Leistungssport. Außerdem hafteten die Versicherungen für den Schaden. Leute also, denen man so etwas gönnte, weil sie ohnehin keiner mochte.

Bei Scotland Yard stellte sich die Situation allerdings beträchtlich anders dar.

*

Im Pentland Lake, einem wenige Quadratmeilen großen See westlich der Distriktstraße Nr. 42, wurde der Panzerwagen am Samstagmorgen gefunden.

Dies war weniger ein Verdienst der Polizei als des Farmers, der die Reifenspuren in einem Haferfeld entdeckte, diesen bis zum Ufer folgte und den schwarzen Kastenaufbau des 5-Tonners unter der Wasseroberfläche sah. Die weißen Buchstaben STC für Security-Transports-Corporation waren noch gut lesbar.

Der Farmer verständigte die Gendarmerie. Zwei Stunden später war die Grafschaft bis nach Edinburgh dicht wie ein Dudelsack.

Landende Hubschrauber, Rettungsfahrzeuge, die Wagen der Sonderkommission, der Suchtrupps und ihrer Hundestaffeln verwüsteten das Haferfeld des Farmers endgültig. Während dieser die Höhe der Entschädigung und des Finderlohnes berechnete, gingen die Experten ans Werk.

Mit Hilfe eines Bergungspanzers der Armee wurde der Geldtransporter aufs Trockene gezogen. Man fand ihn leer bis auf die Leichen des Fahrers und seines Begleiters.

„Arme Burschen", sagte der Yard-Inspektor, „immerhin hat man sie nicht jämmerlich ersaufen lassen, sondern vorher umgelegt."

„Zwei Kopfschüsse", ergänzte der Arzt, „im Nakken aufgesetzt."

„Nennt man das nicht Genickschüsse?"

„In Rußland vielleicht. Vermutlich war es Kaliber sechsfünfunddreißig. Größeres Kaliber hätte die Schädelbasis zum Platzen gebracht."

„In Rußland werden die Delinquenten deshalb mit ledernen Kopfmasken versehen."

„Ich war noch nie in Rußland", erklärte der Polizeiarzt. „Wie man zu Stalins Zeiten dort Todesurteile vollstreckte, entzieht sich meiner Kenntnis."

Der Yard-Inspektor kannte den Arzt als eines der raren zartbesaiteten Exemplare seiner Berufsgruppe. Er bat ihn um baldmögliche Vorlage des Befundes. Dann wandte er sich an die Männer von Spurensicherung und Erkennungsdienst.

„Sofort feststellen, wer die zwei Toten sind."

„Die Transportbegleiter", meinte sein Assistent.

„Sind Sie sicher?"

„Wenn sie zu den Tätern gehörten, hätte man sie nicht erschossen."

„Sind Sie da auch wirklich sicher?"

Kopfschüttelnd widmete sich der Sergeant wieder seiner Arbeit.

Alles stand ein wenig in Frage bis auf den Umstand, daß es diesmal anders gemacht worden war als damals beim Postraub. Die Posträuber hatten den Nachtexpress angehalten, die Geldsäcke aus dem Postwagen über die Brücke auf ihre Lastwagen geworfen und nur dem Lokführer eine Beule verpaßt. Aber zu diesem Raub heute gab es keine Parallelen.

„Es war eine andere Gang", äußerte sich der Edinburgher Polizeichef.

„Kein Wunder, die Posträuber von einst sind heute alt und klapprig."

„Aber es waren Profis, damals wie heute."

Einer der Assistenten, der für sein Gedächtnis berühmt war, sagte:

„An einen ähnlichen Fall erinnere ich mich nicht."

„Kein Wunder", meinte der leitende Inspektor, „Sie sind ja erst zehn Jahre dabei."

Die Rekonstruktion ergab, daß der gepanzerte Geldtransporter der STC, nachdem er die Autobahn verlassen hatte, um die letzten vierzig Meilen bis Edinburgh unter die schußsicheren Räder zu nehmen, auf eine Weise, die erst noch geklärt werden mußte, aufgehalten, umdirigiert und dann geöffnet worden war.

Die nächste Frage lautete, wo die dreiunddreißig Millionen Pfund, umgerechnet etwa sechzig Millionen Dollar, abgeblieben seien.

Niemand bezweifelte, daß man sie längst außer Landes gebracht hatte. Eine Organisation, die das Kunststück, den STC-Transport zu knacken, fertigbrachte, verfügte auch über entsprechende Transportkapazitäten.

„Flugzeug, Schiff, Helikopter, U-Boot", zählte einer der Fachleute auf, „alles ist drin."

„Sogar die Möglichkeit, daß sie einen Spaten in die Hand nahmen und die Sore erst einmal vergruben."

„Das wäre allerdings das letzte, was ich mir wünsche. Man kann nicht ganz Schottland umackern."

Später begab sich der Yard-Inspektor zu einem der Begleitfahrzeuge, wo man kostenlos Tee und Sandwiches fassen konnte.

Mittlerweile hatte es sich eingetrübt und zu regnen angefangen. Ein paar Journalisten, die frierend herumstanden, bestürmten den Yard-Beamten mit Fragen.

„Wer waren die Täter, Inspektor?"

„Bestimmt keine Laienspielschar."

„Hoffen Sie sie zu kriegen?"

„Meine Hoffnung ist nur eine sehr winzige Flamme, Gentlemen."

„Wie konnte es dazu kommen?"

„Durch die Entscheidung der Banken, große Geldsummen nicht mehr auf dem Eisenbahnweg zu befördern."

„Der Straßentransport ist offenbar auch nicht sicher."

„Nichts ist sicher, solange es intelligente Verbrecher und . . ."

„Und was, Sir?"

Da sich der Inspektor nicht selbst als Idioten hinstellen wollte, sagte er:

„. . . und völlig überlastete Behörden gibt. Immerhin dauerte es beinah ein Vierteljahrhundert, bis eine Gangstertruppe es erneut wagen konnte."

„Und damit rechnen durfte, daß die Polizei inzwischen in ihren berühmten Schlaf verfiel."

„Wir brachten auch die Posträuber zur Strecke", erinnerte der Inspektor.

„Die Zeiten haben sich geändert, Sir."
„Wir auch", versicherte der Inspektor. „Und nun lassen Sie mich bitte meinen Tee trinken, Gentlemen, er wird schon kalt."

*

Am Samstagabend übermittelte der Direktor von New Scotland Yard dem Staatssekretär im Innenministerium einen ersten umfassenden Bericht.
„Fahrer und Begleiter des Geldtransportes waren beide seit einem Dutzend von Jahren für die Firma STC tätig. Sie lebten in geordneten Verhältnissen und kommen als Komplicen nicht in Frage. Außerdem hätten sie dann mit den Tätern den Tatort verlassen. Wie die Täter den Panzerwagen, der so sicher ist wie ein Festungsbunker, ohne Hilfe der Insassen aufbekamen, ist allerdings noch rätselhaft. Bisher konnte nur festgestellt werden, daß der Funkkontakt am Freitag gegen 01 Uhr 12 für wenige Minuten abbrach. Später wurden die Durchsagen des Begleiters wieder aufgenommen. Dieses geschah vermutlich mit Hilfe eines Tonbandes, denn zu diesem Zeitpunkt war er schon tot. Über den Verbleib der Beute besteht Unklarheit. Niemand, der in Frage kommt, mietete in diesen Wochen ein seegängiges Boot oder charterte ein Flugzeug. Daraus schließen wir, daß die Täter über die nötigen Transportmittel selbst verfügten, daß es sich um eine eingespielte Organisation handelt und daß der Überfall von langer Hand vorbereitet war. Immerhin sind dreiunddreißig Millionen Pfund eine Summe, die nicht an jedem Wochenende befördert wird. Die Banknoten können sowohl in die USA als auch nach Europa gebracht worden sein. Leider ist nur ein kleiner Teil, etwa

fünfzehn Prozent der Noten, registriert. Das bewegt sich aber noch im Rahmen des Üblichen."

„Was haben Sie vor zu tun?" erkundigte sich der Ministerialbeamte.

Der Scotland-Yard-Chef zählte die Maßnahmen auf: Ausdehnung der Fahndung, Einschaltung von Interpol, Befragung der Computer nach ähnlichen Tathergängen, Aktivierung von V-Leuten in der Unterwelt.

„Et cetera pe-pe. Wir versuchen auf jeden Fall im Spiel zu bleiben, Sir."

„Sieht ja verteufelt schwach aus", bemerkte der Mann aus dem Innenministerium.

„Ja, verteufelt, Sir", pflichtete ihm der hochrangige Polizist bei.

2.

Das Regentief über den britischen Inseln hatte ebensoschnell Kontinentaleuropa erreicht wie die Meldung vom Geldraub in Schottland. Die Welt hörte es im Radio.

Ein Mann in München/Germany, der den Pulsschlag solcher Ereignisse mit besonders sensiblen Fingern abzufühlen pflegte, ließ sich keine Einzelheit entgehen.

Kaum waren die letzten Abendnachrichten beendet, stellte Robert Urban den Ton seines Fernsehers leise und hob das Telefon ab. Erst tippte er die Nummer der BND-Zentrale Pullach ein, dann die vierstellige Durchwahl, die ihn mit dem Archiv verband.

„In letzter Zeit mal Radio gehört?" fragte er den Aktenwurm vom Nachtdienst.

Dieser kannte die Stimme des Agenten mit der Codenummer 18 zur Genüge und auch dessen Spezialwünsche.

„Hebst du auf den Super-Geldraub ab?"

„Du machst es mir leicht", sagte Urban.

„Dein Problem zu bewältigen, immer erstklassig zu sein", ergänzte der Archivar, der Urban so manche schlaflose Nacht verdankte.

Urban hatte ein paar Drinks und ließ sich nicht provozieren.

„Erstens ist Leistung nicht mein Ehrgeiz, und zweitens leide ich schon deshalb nicht darunter."

„Okay, dann bist du nur aus Zufall Klasse."

„Ich bin wie ich bin", erwiderte Urban. „Anders zu sein, auch schlechter als man ist, das strengt nur an." Da er keinen Bedarf spürte, sich mit Leuten, die unter der Erde, tief im Keller, den ganzen Tag nur Aktenstaub aufwirbelten, darüber zu unterhalten, was ein Agent im Blut haben mußte, kam er zur Sache:

„Setz dich vor dein Computerterminal, drück auf die Taste ‚ein' und frag den Speicher nach folgenden parallelen Tatmerkmalen ab: Geldraub. Erbeutete Summe über zehn Millionen Dollar. Gepanzerter Transportwagen. Begleiter erschossen. Fahrzeug in einem Gewässer versenkt. Flucht per Schiff oder Flugzeug."

Der Mann vom Archiv war damit nicht zufrieden.

„Ort der Tat?"

„Europa, Nordamerika."

„Tatzeit?"

„Vermutlich nicht im Winter, weil da die Seen und Flüsse oft zugefroren sind."

„Also zwischen März und November. Und das Jahr?"

„Wenn ich das wüßte", erwiderte Urban, „hätte ich euch gebeten, mir die Unterlagen über einen bestimmten Geldraub herauszusuchen."

Der Mann im Archiv war trotz der späten Stunde recht hellhörig.

„Es existiert also ein Vorbild?"

Urban räumte ein, daß es nach seinem Gefühl einen Fall mit ähnlichen Konturen geben müsse, er könne aber zehn Jahre oder länger zurückliegen.

Der Archivar war nicht zufällig beim Bundesnachrichtendienst tätig. Er gehörte jener Personengruppe an, die, wenn sie sich schon die Arbeit machte, diese auch mit einigem Erfolg zu beenden trachtete.

Dazu brauchte er so viele Fakten wie möglich.

„Nun, das ist schon einiges", bemerkte er, „noch mehr wäre natürlich besser. Jede Zutat erhöht die Chance auf ein positives Ergebnis um einige Prozentpunkte. Hast du Erinnerungen an die Täter?"

„Es muß eine internationale Gruppe gewesen sein."

„Wie organisiert? Nach Mafia-, Cosa Nostra-, Terroristenart? Leute, die sich Betriebskapital verschafften, oder nur einfach Typen, die für den Rest ihres Lebens am Palmenstrand liegen wollten, dicke Zigarren, dicke Autos, dicke Mädchen . . ."

Urban zermarterte sein Gehirn. Mehr als ein unscharfes Bild brachte er nicht zustande.

„Ich bin ziemlich sicher, daß es einen Fall gab, der ähnlich gelagert war. Die Spur zog sich quer durch Europa, aber aufgeklärt wurde die Sache wohl niemals, sonst hätte ich sie anders rubriziert."

„Du merkst dir nur die ungelösten Fälle?"

„Wie man meistens von den Frauen träumt, die man nicht bekommen hat."

„Unter solchen Alpdrücken leidest du nicht sehr, stimmt's?"

„Gib mir Bescheid", beendete Urban das Gespräch.

*

In den nächsten 32 Stunden hörte Urban nichts aus dem Archiv. Als er am Montagvormittag im Büro vorbeischaute, lag noch kein Bericht auf dem Schreibtisch.

Im Begriff, den Hausapparat abzuheben, dachte er, daß es besser sei, sich drahtlos, also in voller Lebensgröße um die Sache zu kümmern. Unter der Tür stieß er mit Oberst a. D. Sebastian zusammen.

Der Leiter der Operationsabteilung trug wie immer das Monokel im leicht geröteten Gesicht und Hosen, die auf Hochwasser standen. In der Hand hatte er ein Blatt Papier, mit dem wedelte er.

„Komme direkt von der Frühkonferenz."

„Von dort nichts Neues", kommentierte Urban, „nur der alte Wettlauf zwischen Beförderung und Herzinfarkt."

Urbans schmerbäuchiger Vorgesetzter seufzte schwer.

„Was regen Sie sich auf", redete ihm Urban gut zu, „mehr können Sie in dem Laden nicht mehr werden, und einen Herzinfarkt hatten Sie schon."

Mit den Fingerspitzen der rechten Hand schlug der Alte gegen den Rand des Blattes.

„Das da ist neu."

Urban warf einen Blick darauf.

„Hatten wir auch schon mal, oder?"

„Bär, Löwe, Nachtigall", las der Alte in einem Ton, als sei es supergeheim.

„Begriffe aus dem Tierreich", ergänzte Urban.

Sebastian senkte seine Stimme zu einem Flüstern.

„Aber warum bedient sich eine bis vor kurzem unbekannte Terroristenorganisation dieser Begriffe, und was tarnt man damit?"

Urban nahm das Blatt, ging zurück zu seinem Schreibtisch und konzentrierte sich auf die drei in Druckbuchstaben hingeschriebenen Worte.

Er dachte intensiv nach, fand natürlich nichts heraus und blickte auf.

„War das der Inhalt der Chefbesprechung?"

„Im wesentlichen."

„Bär, Löwe, Nachtigall?"

„In dieser Reihenfolge."

„Woher hat man das? Vielleicht ist es ein Spiel, wie Stein-Schere-Papier."

„Der Verfassungsschutz und andere Organisationen im NATO-Bereich hatten Mühe es zusammenzupuzzeln. Man fand wohl Hinweise bei Festgenommenen. Aber was, zum Teufel, ist damit gemeint?"

„Warum faßte man die Verdächtigen nicht?"

„Das tat man schon. Aber sie kennen nur Teilbereiche."

Noch einmal vertiefte sich Urban in das Papier. Sein schräger Blick fiel auf den Alten, der wieder einmal ein Wunder erhoffte. Dann fiel sein Blick auf die Kaffeekanne. Er goß die Tasse halbvoll, versah die schwarze Brühe mit Zucker und Sahne, rührte um, trank, lehnte sich zurück. Noch immer stand der Oberst da, mit seinen Hochwasserhosen und dem blitzenden Monokel. Er wartete. Je länger er wartete, desto wütender wurde er. Und wenn er wütend wurde, dann fing er irgendwann einmal an, auf und ab zu gehen mit seinen kurzen Beinen.

Urban sah ihn marschieren. Er hat nicht nur das Gesicht wie ein Dackel, sondern auch Bewegungen wie ein solcher, dachte er.

Nun fiel Urbans Blick auf die große Wandkarte. Durch seine Wanderung hatte der Alte sie freigegeben.

Die Karte zeigte Europa von den Hebriden bis zum Ural und von Sizilien bis zum Nordkap. Die einzelnen Länder waren in verschiedenen Farben ausgeführt. Den NATO-Bereich hatte man extra schraffiert.

Urban hob die Augen, stellte den Kopf schräg nach links, dann schräg nach rechts, stand auf, trat an die Karte heran, trat wieder zurück und umriß wie ein Kunstsammler mit abgespreiztem Daumen bestimmte Bezirke.

„Bär", rief er auf Norwegen und Schweden deutend, „ihre Umrisse gleichen einen lauernden Bären."

„Mit viel Phantasie vielleicht."

„Und Deutschland in seinen Vorkriegsgrenzen sperrt sein Löwenmaul weit auf, um Ostpreußen zu verschlingen."

„Soviel Vorstellungskraft habe ich beim besten Willen nicht", gestand der Alte. „Und wo, bitte, sehen Sie die Nachtigall?"

Urban gab sich alle Mühe. Eine Nachtigall konnte er weder aus den Umrissen der Türkei noch Griechenlands, oder Italiens herauslesen.

„Das ergibt nicht mal einen Schmetterling", bemerkte Sebastian abfällig.

„Vielleicht, wenn man das hier", Urban deckte einige Gebiete mit der Hand ab, „wenn man das da wegläßt."

„Na schön, und die Erklärung dafür, ich meine in bezug zur Realität?"

„Ist die, daß sich die neue Terroristengruppe auf diesen Gebieten betätigen will."

„Da sind doch schon ein Dutzend anderer Gruppen aktiv."

„Oder man meint die ganze NATO."

„Auch nicht mehr sensationell."

Urban reichte Sebastian das Papier zurück.

„Wenn mir etwas entfällt . . .", deutete er an.

Der Alte zog sich zurück, drehte sich aber noch einmal um.

„Man hört, daß Sie das Archiv wegen dieses schottischen Geldraubs verrückt machen."

„Ich halte es nur in Schwung."

„Sie wissen ja, was eine Computerstunde kostet."

„Ob die Maschinen nur herumstehen und rosten, oder arbeiten ..."

„Was versprechen Sie sich davon?"

„Vermutlich nicht mehr als Sie von Bär, Löwe, Nachtigall."

Der Alte akzeptierte das nicht.

„Dies hier hat doch einen realen Hintergrund."

„Meine Bemühungen ebenfalls", antwortete Urban, „nämlich Neugier. Es ist so schön, wenn sie befriedigt wird."

Sebastian fühlte sich entweder veräppelt oder mißverstanden. Er verschwand hinter der Polstertür der Operationsabteilung, und Urban fuhr endgültig ins Archiv.

*

„Frankreich neunzehnhundertsiebzig", berichtete der Mann vom Archiv, kaum daß Urban eingetreten war.

„Wie viele Übereinstimmungen?"

„Tatzeit Sommer. Beute rund zwölf Millionen Dollar in Francs und anderen Währungen. An dem überfallenen Panzerwagen fand man keine Spuren von Gewaltanwendung. Fahrer und Begleiter waren tot. Erschossen. Der Wagen wurde in die Rhône gekippt, wo man ihn erst entdeckte, als ein Frachtkahn dagegenbrummte. Zu den Tätern gab es eine laue Spur, und zwar einen Alouette-Piloten, der die Beute in den Seealpen von einem Lieferwagen übernahm und quer übers Gebirge nach Österreich flog, wo sie umgeladen wurde. Der Pilot glaubte, daß es sich um Schmuggelware, Uhren, Gold, verbotene Medikamente et cetera handelte. Die Spur konnte nicht weiterverfolgt werden."

„Es gibt also keine Hinweise, daß die Beute nach Italien ging."

„Wenn du an die Mafia denken solltest, nun. in bezug auf die Mafia wird nichts erwähnt."

„Dann hätte man die Beute auch nicht am Alpenrand entlanggeflogen", murmelte Urban, „sondern die Route durch das Mittelmeer gewählt. Was wissen wir über organisierte Banden in Österreich?"

„Mehr als berüchtigte Zuhälter hat Wien in letzter Zeit nicht zur internationalen Verbrecherszene beigesteuert."

Urban fiel ein Detail des schottischen Raubes, das er einer Tageszeitung entnommen hatte, ein.

„Wie wurden die Transportbegleiter damals in Frankreich getötet?"

„Durch Kopfschüsse."

„Genickschüsse?"

Der Mann vom Archiv überflog seinen Computerausdruck.

„Durch im Nacken aufgesetzte Pistolenschüsse."

„Kaliber sechsfünfunddreißig?"

„Nein, Kaliber siebenfünfundsechzig."

„Das ist das Maximum bei Verzicht auf Ledermasken."

„Davon verstehe ich nichts", erwiderte der Archivar.

„Ist das Geld irgendwo wieder aufgetaucht?"

„Es war nur teilweise registriert. In Belgrad und Warschau sollen Dollarnoten aus der Beute umgewechselt worden sein,. Laut Meldung auf der Interkrim-Schiene an Interpol."

„Warum läßt du dir alles aus den Zähnen ziehen?“ fragte Urban.

„Schätze, das ist zu unbestimmt, zu allgemein, zu vage für einen Perfektionisten wie dich. Deshalb rief ich nicht an.“

„Schönen Dank“, sagte Urban.

Im Lift traf er einen Mann, der im Verbindungsstab zur Abteilung für innere Sicherheit der NATO saß.

„Was bedeutet Bär-Löwe-Nachtigall?“ wandte er sich an Urban, als sei das schon Tagesgespräch.

„Es heißt Hund-Katze-Schmetterling“, antwortete Urban, „und ist ein Auszählreim. Du hörst ihn an jedem Kinderspielplatz. Hund-Katze-Schmetterling, ich bin raus und du bist drin.“

„Ist das wahr?“

„Mein Wort drauf“, rief Urban und sprang im Vierten aus dem Lift.

*

Obwohl die Zeit der Äquinoktien schon vorbei war, stürmte es in der Nacht heftig. Urbans unruhiger Schlaf wurde durch Telefonschrillen endgültig beendet.

Am Draht war die Funkstelle des BND-Hauptquartiers.

„Sind Sie nicht hinter den Geldräubern aus Schottland her?“ fragte der Schichtleiter.

„Nein“, äußerte Urban gähnend.

„Beförderten sie nicht vor zehn Jahren die Beute per Westland-Hubschrauber von Frankreich nach Österreich?“

„Nein, es war ein Alouette.“

„Flog der nicht am Alpennordrand entlang?“

„Nein, er flog wohl durch das Inntal.“

Nach seinem dritten Nein erkundigte sich Urban, wie sie darauf kämen, ihn zu wecken.

„Hat sich mein Problem schon bis zu euch herumgesprochen?"

„Nein", sagte der Mann in der Funkstelle, „aber Reimers vom Archiv ist ein Kumpel von mir. Wir gehen oft zum Surfen. Surfen Sie nicht auch, Oberst?"

Urban ließ sich ungern mit seinem Reservedienstgrad ansprechen, und wenn schon, dann zog er den Kapitän zur See vor.

„Nein, ich habe zum Surfen keine Zeit. Und was habt ihr auf dem Herzen? Wurde die Beute gefunden?"

„Nein", erklärte man ihm, „aber wir fingen eine Meldung auf Polizeifrequenz ab, wonach ein britischer Westland-Hubschrauber runtergeknallt sein soll. Im Föhnsturm hat er bei Kreuth hinter Tegernsee einen Berg angekratzt. Außerdem soll der Flug nicht gemeldet gewesen sein. Hilft Ihnen das weiter?"

„Nein", bedauerte Urban.

„Von solchen Zufällen halten Sie wohl nichts."

„Nicht unbedingt. Nein."

„Dann seien Sie uns nicht gram, daß wir Sie unterrichteten."

„Nein, ganz und gar nicht."

Nachdem er oft genug nein gesagt hatte, telefonierte Urban mit der Grenzpolizei-Leitstelle und kleidete sich rasch an. Er wählte eine von seinen vielen meist dunkelblauen Gabardinehosen, eines seiner zartrosa oder zartblau getönten Hemden, einen der dazu passenden einfarbigen Seidenstrickbinder und eines der zweireihigen Glencheckssakkos. Er hatte ein Dutzend davon, aber in Schnitt und Dessin glichen sich alle.

Dann holte er den BMW aus der Garage und

drosch das schnelle 200-PS-Coupé Richtung Salzburger Autobahn, die er an der Ausfahrt Holzkirchen verließ.

Als die Sonne aufging, war er in Wildbad-Kreuth und ließ sich von einem geländegängigen VW-Iltis der Grenzpolizei in Richtung Schildenstein mitnehmen. Im Hochwald nahe der Grenze, auf etwa 1300 Meter Höhe, lag das Hubschrauberwrack. Die Polizei hatte die Absturzstelle schon gesperrt.

Obwohl Urban kein Sachverständiger des Bundesluftfahrtamtes war, kannten sie ihn doch so gut, daß er sich dem Gewirr aus Stahlrohren, verbogenen Rotorblättern, Turbinen- und Cockpittrümmern nähern durfte.

Der Aufschlagbrand hatte von dem Westland nicht allzuviel übrig gelassen. Der Pilot hing halbverkohlt über der Steuersäule.

„Er muß einen Passagier bei sich gehabt haben", bemerkte ein Polizeimeister. „Hinter dem rechten Sitz steht ein Koffer."

„Und der Passagier?"

„Nicht auffindbar."

„Spuren?"

„Den Koffer rühren wir nicht an, bis der Rettungsdienst zur Stelle ist. Suchhunde sind bereits angefordert."

Urban sah sich den Koffer an. Er war nicht größer als der einer Reiseschreibmaschine. Dreißig Millionen Pfund Sterling waren darin nicht unterzubringen. Die wogen, selbst in großen Scheinen, gut und gern zweihundert Kilogramm.

„Liegen irgendwo Banknoten herum?" fragte Urban.

„Nicht ein müder Zehner."

Dann war es falscher Alarm, dachte Urban.

In diesem Moment entdeckte er etwas Ungewöhnliches.

Obwohl der Westland einem Trümmerhaufen glich, sah man doch zwischen Kabine und Kufen Teile einer Aufhängevorrichtung, als sei der Hubschrauber für den Transport von Außenlasten umgerüstet worden. Die Haken, Ösen und Riegel der Aufhängungen waren allerdings leer.

Urban schaute sich um. Witternd sog er die taufrische Bergluft ein. Der Südwind hatte nachgelassen. Jetzt, wo die Sonne herauskam, dampfte ein Geruch wie Moos und Almheu aus der Erde.

„Wo kam der Hubschrauber her?“ fragte er.

„Nach Aussagen eines Jägers vom Achenpaß.“

„West also.“

Urban versuchte sich einen Geländewagen auszuleihen. Leider kam ihm mit dem Verantwortlichen der Polizei ein Mann in die Quere, der ihn an Sturheit noch übertraf. Er behauptete, er hätte keinen Wagen frei. Vor die Entscheidung gestellt, den Mercedes G- über Funk aus Pullach, anzufordern und drei Stunden auf ihn zu warten, machte sich Urban zu Fuß auf den Weg durch den Wald.

Nur der Umstand, daß seine Slipper den Anforderungen eines Marsches im Gebirge nicht genügten und er sich hin und wieder auf einen Baumstamm setzte um eine MC zu rauchen, verdankte Urban den Blick auf die talwärts gelegene Schonung. Zwischen hüfthohen Jungfichten sah er etwas Graugrünes, Länglichrundes, so groß wie ein Abwurftank. Er kletterte den Steilhang hinab und betrachtete das Ding näher.

Es bestand aus Aluminiumblech und war stark verbeult. Vorne und hinten hatte es verschraubbare Öffnungen. Eine der Zahnrandmuttern öffnete er, griff hinein und fühlte etwa dasselbe, was man spürt, wenn man im Dunkeln in ein Bücherregal faßt.

Als er die Hand zurückzog, hatte er gebündelte Geldscheine in den Fingern. Pfundnoten, alles Fünfziger. Die Banderolen trugen den Stempel der Bank of England.

3.

Dem flachsblonden Burschen, der in abgewetzten Jeans, weißem T-Shirt, Lederjacke und Tennisschuhen an den Füßen den Pub in der Nottingham-Street verließ, sah keiner an, wer er wirklich war, nämlich Norton Steward, Top-Agent des Geheimdienstes Ihrer Majestät, der Königin von England.

Norton Steward überquerte den Trafalgar Square Richtung Waterloo Bridge, wo er in den scharfen Wind geriet, der an kühlen Sommerabenden themseaufwärts blies. Er zog den Reißverschluß seiner Jacke hoch und blieb stehen, um sich eine Zigarette anzustecken. Automatisch registrierte er seine Umgebung bis ins letzte Detail. Er sah den Zeitungsstand, den roten Doppeldeckerbus, der soeben überfüllt anfuhr, all die Leute und auch die Straßenlaternen, die nacheinander angingen. - Ein Mann, der sich eine Zigarette ansteckte, war für Sekunden so gefährdet wie ein pinkelnder Fuchs. In solchen Momenten mußte man seine Umgebung besonders gut im Auge behalten, oder man war ein Leichnam, weil sich Gegner immer Augenblicke aussuchten, wo die Wachsamkeit nachließ und man ihnen den ungeschützten Rücken darbot.

Das alles war Norton Steward in Fleisch und Blut übergegangen, sonst hätte er zehn Jahre beim MI-6 nicht überlebt.

Als die Zigarette brannte, drehte er sich halb um und sah die Rothaarige. Sie schlenderte auf ihn zu. Dabei schwenkte sie ihr Täschchen. Ihr Gang war provozierend, ihr Rock eng und kurz. Auf zehn Meter Abstand hielt Steward sie für eine Prostituierte.

„Hast du Zeit?" fragte sie beim Näherkommen.

Ihr Parfüm war zu teuer für ein Strichmädchen, die Kleidung ebenfalls. Bei drei Meter Distanz korrigierte er seine Meinung. Das war keine Nutte, höchstens eine, die sich nuttig gab.

„Immer", sagte er.

„Und Lust?"

„Immer."

„Zwanzig Pfund. Ich weiß ein Hotel, gleich um die Ecke."

Er blies ihr Rauch ins Gesicht.

„Schön, gehen wir!"

Er machte es so, daß er immer einen halben Schritt hinter ihr blieb. Das rote Haar, tizianfarbig, war Natur, der Schmuck nicht aus Messing oder Kupfer, um Gold vorzutäuschen.

Sie nahm seine Hand, hastete noch vor Rot über die Straße. Hinter ihnen fuhren die Autos an, als sie durch den Torbogen gingen und das Hotel betraten.

Es war ein gepflegtes kleines Haus. Mit Sicherheit kein Stundenhotel. Sie gab dem Portier ein Zeichen, der nickte nur. Sie eilte am Lift vorbei in den ersten Stock. Dort betraten sie ein Zimmer. Es war hübsch eingerichtet mit Stilmöbeln und Segelschiffbildern an der Wand.

Obwohl er wußte, daß es anders laufen würde, begann sich Steward zu entkleiden. Er wollte endlich wissen, was passierte.

„Nicht so schnell", rief das Mädchen, als er den Hosengürtel öffnete und riß die Tür zum Badezimmer auf.

Dort stand ein Mann, sehr groß, aber auch sehr schwer, graumeliert, Anfang Sechzig wohl. Er trug Maßblazer, wirkte blaß und wie geschminkt, was ihn quallig erscheinen ließ.

Im Begriff zu sagen, daß er sich nichts aus einem Spiel zu dritt mache, erkannte der Agent den Gentleman.

„Sie, Sir!“ Er warf sich der Länge nach aufs Bett. „O nein, Sir!“

Lord Babington, Chef des MI-6, der Mann, den jeder kannte und den die wenigsten je von Angesicht zu Angesicht gesehen hatten, entnahm mit manikürten Fingern einem goldenen Etui ein Bonbon. Heute war es ein Milchkaramel. Er schob ihn in den Mund und kaute ihn genüßlich.

„Erst wollte ich Sie in die Queen Anne's Gate rufen lassen, aber Sie sind ja unerreichbar.“

„Im Urlaub immer, Sir. Erst recht nach diesem fürchterlichen Iran-Job.“

„Ich weiß, wie man Ihnen in Täbris zugesetzt hat“, sagte der Chef des Auslandsgeheimdienstes, „aber da wir Ihre bevorzugten Suhlpfützen kennen, setzte ich Elvira an. Darf ich vorstellen . . .“

„Hatte bereits das Vergnügen, Sir.“

Die Schlepperin, eine von Babingtons weiblichen Nachwuchsagentinnen, ging hinaus, um auf dem Korridor Wache zu schieben.

„Inzwischen“, fuhr der MI-6-Chef fort, „ergab sich eine Situation, die es mir angeraten sein ließ, die mit dem Fall befaßten Agenten lieber nicht in die Zentrale zu rufen. Sie könnten überwacht werden.“

„Von wem?“

„Von den Bär-Löwe-Nachtigall-Leuten.“

„Hat sich dieser Terroristen-Unsinn konkretisiert, Sir?“

Als Babingtons Untergebener durfte man sich solche Töne eigentlich nicht erlauben, aber Norton Steward leistete sie sich. Er konnte jeden Tag einen doppelt so hoch bezahlten Job bekommen.

„Es besteht der Verdacht", fuhr Babington fort, „daß der schottische Geldraub zur Finanzierung eines Anschlages dienen soll. Immer, wenn große Summen abhanden kamen, wurde die Terrorszene aktiv. Deshalb brauche ich Sie, Norton, und versuchte Sie auf diesem Wege zu sprechen."

„Bin mir der Ehre bewußt, Sir", äußerte der Agent. „Was wünschen Sie, daß ich unternehme?"

„Horchen Sie herum. Wo, das brauche ich Ihnen ja nicht zu sagen. Die Unterwelt ist Ihr Element wie das Wasser für den Hering. Gehen Sie jedem Hinweis nach, besser als der Yard es tut, wo man stets resigniert, sobald eine Spur unsere Insel verlassen hat."

„Mein Operationsgebiet?"

„Europa, würde ich sagen."

„Spesen?"

„Unbegrenzt. Natürlich im Rahmen bleibend."

„Arbeite ich allein?"

„In Italien und Westdeutschland hat man noch je einen Mann angesetzt. In Italien, weil man dort eine Verbindung der Geldräuber zur Mafia befürchtet, in Germany, weil man dort einen Teil der Beute fand, einen alten Spitefire-Abwurftank mit fünfzehn Millionen Pfund."

Norton Steward rechnete kurz.

„Rund die Hälfte also. Wer fand sie wo und bei welcher Gelegenheit?"

„Irgendwo in den Bergen. Der Transporthubschrauber hatte Rotorschaden und mußte notlanden. Vorher warf er die Außenbehälter ab. Ein Mann des BND war so clever."

„Arbeite ich mit ihm zusammen?"

„Nur lose", deutete Babington an. „Wenn es sich nicht vermeiden oder wenn es die Lage notwendig erscheinen läßt."

„Sein Name?"

„Den erfahren Sie schon noch rechtzeitig."

„Meine Aufgabe?" faßte sich Steward knapp wie immer.

„Bringen Sie die fehlende Hälfte der Beute, dazu die Hintermänner und stellen Sie fest, inwieweit Drähte zu Bär-Löwe-Nachtigall bestehen."

„Hat man diese Deckbezeichnung schon analysiert?"

„Man versucht es. Es schwirren einige Definitionen herum. Unter anderem, daß es sich um die NATO-Abschnitte Norwegen-Bundesrepublik und Türkei handeln könnte."

Babington zog ein Seidentaschentuch mit Clubstreifen aus der Jackettasche und wischte sich damit über das Gesicht.

Das an der Seide haftende Parfüm verbreitete sich rasch im Zimmer. Wenn der Chef das Taschentuch zog, war das immer das Signal.

„Noch Fragen?"

„Eine Menge, Sir, aber wohl keine, die Sie mir beantworten können. Wie weit reichen meine Kompetenzen?"

„Es sind die üblichen."

„Gibt es ein Codewort, das von den Stäben, vom Yard und Armee notfalls verstanden wird?"

Babington nickte.

„Ihr Deckname lautet Kommandoeinheit dreiunddreißig. Das schließt Ihren italienischen und deutschen Kollegen ein."

„Dreiunddreißig, weil ebensoviele Millionen Pfund Sterling im Spiel sind?"

„Wohl kaum", antwortete der MI-6-Chef. „Es

dürfte sich um die fortlaufende Numerierung handeln, wie bei einem neuen Automobiltyp."

Norton Steward ging, ohne dem Boß großartig die Hand zu schütteln. Babington tat dies schon aus Bazillenangst höchst ungern.

Draußen stand die hübsche Tizianrote.

„Hast du Lust?" fragte er.

„Immer", flüsterte sie.

„Und Zeit?"

„Nie."

„Zwanzig Pfund", bot er ihr.

Sie lächelte, warf die Kippe ihrer Zigarette in den Sandeimer und ging hinein zum Chef.

*

Über Rom hatte wochenlang die Sonne geglüht, dann hatte es eine Nacht lang geregnet, und jetzt war es so schwül, daß Amato in seinem dunklen Rapportanzug schwitzte wie eine Polentaschwarte, obwohl er nicht eine Unze Fett zwischen Haut und Muskeln herumtrug.

Trotz der hohen Luftfeuchtigkeit wurde im Palazzo Fabiani auf Tradition geachtet. Wenn ein Mann, selbst ein Spitzenagent, zum Präsidenten des SIFA gerufen wurde, hatte er korrekt gekleidet zu erscheinen.

Um so lässiger ging es dann im riesigen Renaissance-Saal zu, der dem General als Arbeitszimmer diente.

Der General schüttelte Emile Amato die Hand, als hätten sie gemeinsam im Schützengraben am Isonzo gelegen.

„Freut mich, Sie zu sehen", schnarrte der kleine General mit der Hakennase eines Geiers. „Kaffee, Brandy, Zigarre?"

Weil dem Agenten die Wahl schwerfiel, sagte er:
„Gerne, Signor Generale."
„Ja, was nun?"
„Kaffee, Brandy und Zigarre, Signor Generale."
Der General hielt mit. Der Espresso dampfte, die Zigarren qualmten und als Amato seinen Brandy in den Kaffee kippte, tat es ihm der General gleich.
„Wir sind ja unter uns", bemerkte er in verschwörerischem Ton.
Zu diesem Zeitpunkt war sich Amato noch nicht im klaren, um was es ging. Erhielt er einen Rüffel wegen gewisser Eigenmächtigkeiten in Libyen, oder war eine Beförderung fällig? Als der General immer gemütlicher wurde, schwante ihm Schlimmes.
„Bär, Löwe, Nachtigall", sagte der derzeitige SIFA-Chef. „Die Angst vor einem außergewöhnlichen Anschlag wird immer hysterischer."
„Es ist wie die lebenslange Angst des Rotkäppchens vor dem Wolf", sagte der stets listig blickende Amato.
„Oder die des Springpferdes vor der Hürde."
„Des Tenors vor dem hohen C, Signor Generale."
„Der NATO vor Schäden, die ihrem Zusammenhalt oder ihrer gerade gültigen Strategie gefährlich werden könnten."
Der Agent lehnte sich zurück. Geduldig wartete er auf das Todesurteil. Denn darauf lief es wohl hinaus, wenn ein Agent zum General gerufen wurde, ohne daß Tadel oder eine Belobigung in Aussicht standen.
Der General behielt den Frontkämpferton bei, als führe er ein Gespräch von Kamerad zu Kamerad.
„Nur Sie, mein Freund, Ihr Führungsoffizier und ich wissen davon."
„Wirklich?" zweifelte Amato, der die Durchlässigkeit der Organisation zu kennen glaubte. Inzwi-

schen lief es doch schon durch alle Etagen, daß Amato auf dem Teppich vor dem General stand.

„Erzählen Sie ihnen, wir hätten Sie befördert", riet der General.

„Bin ich denn befördert?"

Der General winkte ab.

„Sie kennen doch die Planstellenprobleme. Keiner stiehlt mehr goldene Löffel, jeder klebt an seinem Stuhl, keinen kann man entlassen."

„Höchstens wegen Unfähigkeit."

„Selbst das verhindert die Gewerkschaft, und sei es zum Schaden der Nation. Hauptsache, das Gesetz wird eingehalten."

Nachdem der Espresso getrunken und die Zigarren zur Hälfte geraucht waren, kam der kleine General zur Sache.

„Im Grunde geht es nur darum zu beweisen, daß wir nichts damit zu tun haben."

„In bezug auf Terrorismus wird uns das schwerfallen", entgegnete Amato, „man denke nur an die Roten Brigaden, die Neofaschisten . . ."

„In bezug auf den Geldraub in Schottland", präzisierte der General. „Die Briten nehmen an, das Geld wäre an die Mafia gelangt, damit die es sauberwäscht. Der Transporthubschrauber fiel zwar in Bayern herunter, aber er könnte auf dem Weg zum Achenpaß Richtung Brenner gewesen sein. Sie verstehen, Amato."

„Es gab sowohl Spuren in Schottland als auch Spuren in Bayern?"

„Man fand sogar die Hälfte der Beute, doch wer dahintersteckt", der General machte die in Italien beliebte Bewegung des Ausschüttelns der rechten Hand, was andeuten mochte, was es gerade anzudeuten gab.

„Ich werde also abtauchen müssen", sagte Emile

Amato. Durch minimales Verziehen der Gesichtsmuskulatur erreichte er, daß er ein völlig anderes Aussehen annahm.

„Vorzüglich verstanden, mein Sohn."

„Gibt es Material zum Einarbeiten, Signor Generale?"

Da es offenbar wenig gab, sagte der General:

„Sie sind zu dritt, zusammengefaßt in der Kommandoeinheit dreiunddreißig. Ihre Copartner sind ein Brite und ein BND-Agent."

„Kenne ich die beiden?"

„Schon möglich. Aber vorerst macht jeder von Ihnen auf seinem Terrain weiter. Später kann man die Fäden dann zusammenknüpfen."

Es wurde Zeit. Der General drückte die Zigarre aus. Sein Agent erhob sich und schloß den Sakkoknopf.

„Alle Informationen nur über Ihren Führungsmann oder direkt an mich, Amato. Ich habe veranlaßt, daß Anrufe der Codechiffre dreiunddreißig unverzüglich durchgestellt werden."

Der General schritt zur Verabschiedung. Er schlug die Absätze zusammen, grüßte militärisch. Amato machte es ebenso, obwohl es ihm saukomisch vorkam.

Als er den Saal verlassen hatte und ihn die Hitze überfiel, bemerkte er erst, daß das Arbeitszimmer des General als einziger Raum des Palazzo über eine Klimaanlage verfügte.

Amato eilte die weiße Marmortreppe hinunter in den Hof, wo sein offener Alfa stand. Die Polster waren feucht, das Lenkrad fühlte sich glitschig an. Der Motor kam erst beim dritten Versuch. Die Feuchtigkeit mußte bis unter den Verteiler gedrungen sein.

Amato fuhr in die Stadt. Seine Wohnung lag bei der Spanischen Treppe. Dort lag ein Mädchen nackt auf dem Bett und fächelte sich Kühle zu, obwohl der Ventilator auf Stufe drei lief.

Da er sich nicht an ihren Namen erinnerte, er hatte sie in der Nacht irgendwo an der Via Veneto aufgelesen, sagte er:

„Pack deine Klamotten, Maria!"

„Ich bin Assunta."

„Ich muß verreisen."

„Kann ich nicht solange auf deine Wohnung aufpassen?"

Bevor er das erlaubte, ließ er gleich die Tür offen und riskierte, daß Banditen über die Bude herfielen und sie ausräumten.

Das Mädchen duschte, kleidete sich maulend an, nahm die fünfzigtausend Lire. die er hingelegt hatte, und ging. Amato sperrte hinter ihr ab.

Der SIFA-Agent Emile Amato hatte es nicht allzugerne, daß man ihm zusah, wenn er sein Äußeres vom Edelragazzo in Richtung arbeitsloser Strolch veränderte.

4.

Ein sonnig frischer Morgen an der blauen Adria.

Das Hotel lag hinter feinem Sandstrand am Golf von Triest. Lautlos fiel der Tau auf die Terrassen. Alles schlief noch, als ein drahtiger Glatzkopf im Seglerdress sein Appartement verließ, hinunterfuhr und wenig später seinen am Anleger vertäuten Kabinenkreuzer klarmachte.

Er war gerade dabei. die Leinen loszuwerfen und das Großsegel mit der Winde am Mast hochzufahren, als er Bewegung im Boot spürte. Noch griff der Wind nicht ins Segel. Also war die Bewegung durch eine Veränderung des Schwerpunktes entstanden.

Mit einem Satz war der Glatzkopf am Niedergang, zog die Schiebetür auf und sah einen Burschen wie betrunken herumtaumeln. Er war so derangiert, daß er ihn erst bei näherer Betrachtung erkannte.

„Frashera!" rief der Glatzkopf. „Das gibt's doch nicht!"

Erleichtert darüber, daß es ihm erspart blieb, ins Tageslicht zu treten, ließ sich der verdreckte und auch verletzte Mann auf die Eckbank nieder.

„Wollte dich nicht im Hotel kompromittieren, Durras", sagte er, „in diesem Zustand."

„Wir erwarten dich seit drei Tagen, Frashera."

„Ein Gehbehinderter braucht eben länger", lautete die Antwort.

Der Glatzkopf versuchte die Lage zu erfassen, schaffte es aber nicht.

„Du hattest ein Schiff, einen Hubschrauber, Fahrzeuge die Menge", zählte er auf.

„Alles futsch, Baby."

Durras ließ seinen Kabinenkreuzer einfach abtreiben, setzte sich und goß Kognak ein.

„Berichte!" befahl er im Ton des verantwortlichen Vorgesetzten.

Der andere faßte sich kurz.

„Bis Irland lief alles prima. Auch noch in Frankreich, sogar bis in die Schweiz ging es. Dann mußten wir wegen schlechten Wetters am Alpennordrand bleiben. Der Pilot sagte, daß er versuchen wolle, über einen Paß in Bayern nach Süden zu stoßen. Leider . . ."

Der Glatzkopf unterbrach Frashera.

„Das darf nicht wahr sein, Mann!"

„Absturz, weiß der Teufel warum. Pilot tot. Der Helikopter brannte."

„Und die Ware?" Durras war entsetzt. „Die Ware?"

„Ein Container ist in Sicherheit", quälte sich Frashera heraus.

„Und der zweite?"

„Da kam ich zu spät. Hatte schließlich den kaputten Fuß. Ein Wunder, daß ich es überlebte, als der Helikopter in die Bäume fiel."

„Was heißt, du kamst zu spät zum zweiten Container?"

„Den hatte schon ein anderer entdeckt."

„Und warum hast du ihn nicht umgelegt?"

„Womit denn? Die Polizei stand in Rufweite!"

Durras schloß die Augen.

„Das, Frashera", murmelte er, „das nimmt dir keiner ab."

Der andere lachte wie ein Irrer vor sich hin.

„Es kostete mich beinah das Leben. Aber den einen Container habe ich. Hätte ich ihn mitgebracht, wenn es mir ums Geld ginge?"

Der Glatzkopf trank hastig.

„Wer weiß."

„Ich brauche auch etwas", murmelte der Verletzte und goß eine Tasse so voll, daß der Weinbrand überschwappte.

„Kein Wodka an Bord?" fragte Frashera und schüttelte sich.

*

Der Glatzkopf, ein nach Italien emigrierter Bulgare namens Durras, segelte den Kajütenkreuzer an der Küste entlang nach Südosten. In einer kleinen, um diese Zeit leeren Badebucht ging er vor Anker.

Nachdem er dem Verletzten an Land geholfen hatte, sagte er:

„Du wartest hier!"

Als er sich wieder auf dem Boot befand, holte er

den Anker auf, startete den Diesel und fuhr zum Hotel zurück.

Etwa eine Stunde später hörte Frashera einen hochtourigen Sportmotor. Da das dazugehörige Fahrzeug aber nicht zu sehen war, schleppte er sich über den Strand und einen Pfad entlang, der zwischen Gebüsch zu einem Pinienwald führte. Dort kam ihm der Bulgare entgegen.

„Näher komme ich nicht ran, sonst sitzt mir die Karre fest“, rief Durras, stützte den Verletzten und half ihm in das Lancia Coupé. Oben an der Straße nach Triest drückte er aufs Tempo.

„Wird Zeit, daß du zum Arzt kommst. Dr. Caglieri genießt unser Vertrauen.“

Frashera suchte das Handschuhfach nach Zigaretten ab. Er fand aber keine. Also ließ er es.

„Das Bein?“ fragte der Bulgare.

„Der Knöchel. Angerissen.“

„Wie kann man damit laufen?“

„Nur wenn es sein muß.“ Frashera sprach mit zusammengebissenen Zähnen, der Schmerz wallte wieder hoch. „Schlimmer ist die Hüftwunde. Beim Absprung stieß ich mir einen Ast rein. Dabei muß Stoffgewebe ins Fleisch gedrungen sein. Alles ist entzündet und tobt wie ein Orkan.“

Der Bulgare erhöhte das Tempo.

„Wie hast du es bis hierher geschafft?“

Es war eine lange Geschichte. Frashera ließ weg, was es an Kraft, an Kaltschnäuzigkeit und Einfallsreichtum gekostet hatte und faßte sich kurz:

„Es waren zwei Außenbehälter. Als der Helikopterpilot merkte, daß er Antriebsprobleme hatte, warfen wir die Container ab. Die linke Aufhängung klemmte. Dadurch landete der zweite Container auf der anderen Seite des Berges. Der Pilot versuchte in Autorotation eine Almwiese zu erreichen, streifte aber die Tannenspitzen, und so passierte es. Absturz. - Kaum war ich raus, fing die Maschine zu brennen an. Den Piloten zu retten erwies sich als unmöglich. Ich fixierte meinen Knöchel, fand den ersten Container, zog ihn ins Gebüsch, tarnte ihn und besorgte mir ein Fahrzeug."

Der Bulgare besaß Phantasie genug, um sich vorstellen zu können, wie schwierig das für einen des Landes Unkundigen nur Italienisch und Englisch sprechenden verletzten Mann gewesen war.

„Ich erreichte die Hauptstraße", fuhr Frashera fort, „hielt einen Lkw an, der nahm mich mit nach München. Dort kaufte ich bei einem Autohändler den nächstbesten, einigermaßen intakten zugelassenen VW-Transporter. Sieben Stunden später war ich wieder oben im Gebirge. Es fing gerade an zu dämmern."

Durras stellte Kontrollfragen.

„Wann warst du in München?"

„Kurz vor Mitternacht."

„Und konntest noch ein Auto kaufen? Du erzählst Märchen, Baby."

„Der Lastwagenfahrer hatte einen Bekannten, der arrangierte das. Ich erzählte ihm, daß ich mich auf der Urlaubsreise von Glasgow nach Sizilien befände und bei Regen in der Kurve über eine Böschung geraten sei. Totalschaden."

„Schön. Weiter!"

„Der Transporter von VW ist verdammt tüchtig im Gelände. Ich kam bis nahe an den Container heran und konnte ihn bergen."

„Trotz deiner Verwundung?"

„Vom Versteck zum Fahrzeug ging es bergab. Dann suchte ich den zweiten Container. Ungefähr wußte ich, wo er liegen mußte. Doch als ich ihn entdeckte, hatte ihn schon ein anderer gefunden."

„Ein Jäger?“

„Ein Zivilist. Kriminalbeamter, schätze ich.“

„Woraus schließt du das?“

„Es wimmelte von Polizei in der Gegend. Hubschrauber kontrollierten das Gelände. Vom Tal her kamen sie in einer Suchkette herauf. Sie hatten Hunde dabei. Ihre Lautsprecher hallten durch den Wald. Ich mußte die Kurve kratzen, weil ich nicht riskieren wollte, daß sie mich erwischten.“

Sie erreichten den Stadtrand von Triest. Der Bulgare verließ die Uferstraße und bog nach links ab.

„Wann war das?“ fragte er später.

„Gestern, nein vorgestern in der Frühe.“

„Und wo steht der Wagen?“

„Im Strom der Urlauberkolonnen winkten sie mich an den Grenzen einfach durch. Auf der Autostrada gab der Motor merkwürdig hämmernde Geräusche von sich.“

„Ein Lager?“

„Er hielt bis hinter Udine. Dort habe ich ihn abseits der Straße bei einem Gehöft geparkt. Von Udine bis zu unserem vereinbarten Treffpunkt nahm ich ein Taxi.“

Obwohl sich das alles schlüssig anhörte, glaubte Durras dem anderen nicht alles. Die Hälfte der Beute fehlte, und die Hälfte, das waren umgerechnet dreißig Millionen Dollar. Dafür konnte man sich eine Menge Geschichten ausdenken.

„Das eben war nur eine private Unterhaltung unter Freunden“, sagte Durras, „man wird dich scharf verhören.“

„Es ist, wie ich sagte, und es wird nicht anders, auch wenn sie mich bis zum jüngsten Tag ausquetschen. Das macht mir alles nichts aus, wenn nur die verdammten Schmerzen nachlassen.“

Wenige Minuten später hielt der Bulgare vor dem Haus des Arztes. Eine Spritze machte den Eingriff erträglich.

*

Hinter dem Lancia fuhr ein Lieferwagen her. Sie verließen die Straße von Udine nach Gemona kurz hinter Tricesimo. Ein besserer Feldweg führte auf ein Gehöft zu. Die Hitze lag wie Bienensummen in der Luft.

Wein, Obst und Korn standen in voller Reife. Die Wagen wirbelten gelben Sand hoch.

Als sie im Hof des Anwesens hielten, umfing sie der würzige Duft eines Kaminfeuers, auf dem Polenta geröstet wurde.

Die Frau des Bauern, eine vollschlanke dunkelhaarige Friaulerin, kam den Männern entgegen.

„Darf ich Sie zu Maiskuchen einladen mit Carbonata?"

Den Männern ging es nur um den defekten Transporter. Sie zogen den spindelförmigen Blechtank heraus und rollten ihn auf die Pritsche des Fiat.

Durras öffnete den Schraubverschluß oben und blickte hinein. Was er sah, befriedigte ihn. Der Container war bis zum Rand mit Banknotenbündeln vollgestopft.

„Womit hast du den Transporter bezahlt?" wandte er sich an Frashera.

„Mit dem Vorschuß."

„Dein Glück. Die Kohle da drin ist vermutlich heiß und muß erst abgekühlt werden."

Die Frau des Bauern kam mit Rotwein und Gläsern zu ihnen. Sie tranken, rauchten Zigaretten und sahen dann, wie eine riesige schwarze Limousine näher kam. Der Fahrer bewegte den sechs Meter langen Cadillac so behutsam, als wolle er vermeiden, daß er auch nur ein Staubkorn ansetzte.

Die Scheiben waren mit Bronze bedampft, man konnte also nicht hindurchsehen.

Lautlos wie ein Ungeheuer, das nichts Gutes im Sinn führte, wiegte der Cadillac heran und hielt draußen vor dem Tor. Ein Blinksignal rief den Bulgaren. Er wurde hinten durch einen Fensterspalt abgefertigt.

„Sie wollen dich sprechen", übermittelte Durras dem Mann, der das Geld gebracht hatte.

Frashera humpelte zu dem Cadillac. Hinten ging der Schlag auf. Er stieg ein. Der Cadillac wendete. Die anderen Autos folgten ihm.

In einem Steinbruch auf halbem Wege nach Udine hielt die Kolonne.

Der Fiat und der Lancia blieb im respektvollen Abstand zu dem schwarzen Straßenkreuzer stehen. Der Fahrer des Fiat kam herüber und setzte sich neben Durras.

„Jetzt machen sie ihn fertig, wie?"

„Kommt auf Frashera an."

„Das ist der Dank. Er holt unter Lebensgefahr die Moneten heraus und sie machen ihn fertig."

„Die Hälfte fehlt. Vergiß das nicht."

„Frashera ist doch eine ehrliche Haut."

Durras lachte leise.

„Seine ehrliche Haut wäre die erste ehrliche Haut in diesem Geschäft. Bist du etwa eine ehrliche Haut?"

„Es hält sich in Grenzen."

„Wo liegt die Grenze? Bei einer Milliarde oder darunter?"

„Okay, jeder hat seine Sollbruchstelle."

„Und in der Chefetage wissen sie das", ergänzte Durras.

Der andere, ein eher gemütlicher Mechanikertyp in blauer Kombi, lutschte seine Stazione-Zigarette aus bis zum letzten Zug.

„Frashera opfert sich für die Organisation auf, und sie machen ihn fertig. Mir würde das stinken."

„Einen Orden kriegt er bestimmt nicht."

„Der alte Boß wäre da anders gewesen."

„Ja, der lebte gut, und er ließ gut leben."

„Er hat es aufgebaut in vielen Jahren, und die anderen kriegen es in einem Jahr kurz und klein."

„Eines Tages kommt er wieder, der Alte."

Der schwarze Wagen vor ihnen schien sich in den Federn zu bewegen.

„Turnen die da drinnen!" rief der Mechaniker.

Kaum hatte der Fahrer des Fiat die nächste Stazione angebrannt, wurde die hintere rechte Tür des Cadillacs geöffnet und ein Mann, vielmehr der Körper eines Mannes, herausgestoßen. Er sank zu Boden, wo er wie leblos liegenblieb.

Der Cadillac rollte an und verließ den Steinbruch.

Der Mechaniker blickte Durras an.

„Frashera, ist er tot?"

„Kopfschuß, siehst du nicht?"

„Nicht mal gehört habe ich was."

„Kopfschuß mit Schalldämpfer. Das Übliche."

„Diese Schweine. Uns lassen sie die Arbeit, ihn wegzuräumen. Der alte Boß hätte das verdammt anders gelöst."

„Ja, wenn er noch da wäre", bemerkte Durras angeekelt.

„Wo steckt er eigentlich?"

„Keine Ahnung. Sie behandeln es wie ein Staatsgeheimnis."

„Aber eines Tages, eines Tages kommt er zurück."

„Vielleicht", sagte der Bulgare.

Dann stiegen sie aus, um Frashera zu begraben.

5.

Nach Mitternacht war es schon, da blätterte er 2000 Dollar hin, mietete die Samba-Kapelle und zog mit ihr durch Nizza von Bar zu Bar.

Er nannte sie seine besten Amigos, füllte sie mit Champagner, stopfte sie mit Kaviar voll, und als die Sonne aufging, legte er sich unter Palmen in seinem offenen Rolls Royce zur Ruhe, und sie mußten ihm ein brasilianisches Schlaflied spielen.

Das war nur einer von seinen harmlosen Späßen.

Zwei Tage später ließ er aus Paris ein Ballett einfliegen. Als einzige Bekleidung trugen die Tänzerinnen winzige Evaskostüme, aber nicht aus Blättern, sondern aus Pfundnoten.

Seine Gäste bedienten sich nach Herzenslust und steckten mit den Scheinen ihre Zigarren an. Die nackten Pigalle-Mädchen hüpften in den Pool und wurden zur Jagd freigegeben.

„Bedient euch, Amigos!“ rief er, und keiner zeigte sich als Spielverderber.

Weil es drückend heiß war in diesen Augusttagen, schickte er dreißig Tanklastzüge in die Berge, um sie mit Quellwasser füllen zu lassen.

Das mußten sie in den Nachmittagsstunden als künstlichen Regen versprühen.

Klitschnaß versammelten sich seine Freunde um einen Brunnen, aus dem eiskalter Whisky-Soda sprudelte.

Als ein Jornalist aus Cannes fragte, wer dieser verrückte Gentleman sei, der so mit Geld um sich werfe, erfuhr er wenig.

„Er heißt Montenegro“, sagte einer.

„Nein, Monti-Negro“, meinte ein anderer, „aber genau weiß ich es auch nicht.“

Jedenfalls ließ er die Puppen tanzen.

Als man ihm mit seiner betrunkenen Bande von Gentlemen den Eintritt in eine Nobeldiskothek verwehrte, kaufte er sie kurzerhand, feuerte den Türsteher und gab den Laden zur Zerstörung frei. Eine Rockergruppe schlug ihn binnen zwanzig Minuten kurz und klein.

Dann grübelte er laut darüber nach, welches Auto stabiler sei, ein Mercedes oder ein Rolls-Royce. Die Wetten standen fünfzig zu fünfzig, als die Corniche abgesperrt wurde und die zwei Luxuskarossen starteten. Die eine setzte sich beim Hotel Negresco in Fahrt, die andere weiter unten in Gegenrichtung.

Den Rolls fuhr Monti-Negro selbst, den anderen einer seiner engsten Freunde, ein Italiener. Sie beschleunigten die zusammen eine Million Francs teuren Automobile auf hundertvierzig, lenkten sie präzise aufeinander zu, Kühler gegen Kühler, und sprangen im letzten Moment auf bereitliegende Matratzen.

Donnernd krachten die Superschlitten zusammen. Der Rolls verbiß sich in den Mercedes, englisches in deutsches Blech. Beide Autos verkürzten sich um gut einen Meter. Was übrig blieb, war Edelschrott.

Wer ist dieser irre Monti-Negro eigentlich, fragten sich die Leute.

„Ein Ölmilliardär aus Texas", hieß es.

„Der einzige und uneheliche Sohn eines arabischen Königs", behaupteten die Besserwisser, „der sich hier austobt."

„Der Erbe einer alten steinreichen Dame aus Los Angeles", flüsterte man unter vorgehaltener Hand.

Genau wußte es nicht einmal das Mädchen, das der mysteriöse Monti-Negro seit einer Woche stürmisch verehrte und als seine Nummer eins betrachtete.

Dies um so mehr, als sie sich weigerte, mit ihm

auch nur einen Schritt in die Öffentlichkeit zu tun. Ganz gegen seine Erfahrung hatte Monti-Negro, der Unbesiegbare, dem kein weibliches Wesen widerstand, nach sieben Tagen nicht einen einzigen Kuß von der Dame seines Herzens erobert.

„Nur, wenn Sie Ihr Leben ändern", sagte sie am Telefon.

„Habe ich doch schon", versicherte er. „Was glauben Sie, was für Fässer ich gewöhnlich in Palm Beach aufmache."

„Sie sind vulgär."

„Schön", versprach er, „ich ändere mich. Für morgen abend habe ich das Oasis gemietet. Wir sind ganz alleine. Kommen Sie?"

„Vielleicht", deutete sie an und legte auf.

Allmählich wurde er süchtig nach ihr. Wenn sie weiter so mit ihm umsprang, machte das Leben bald keinen Spaß mehr.

*

In der Nacht weckte Monti-Negro ein Anruf aus dem Schlummer in seinem seidenbezogenen Rundbett.

Er hob ab und war gleich präsent.

„Ach Sie sind's", sagte er gähnend.

„Wie steht es?" erkundigte sich eine schnarrende Soldatenstimme, die verteufelt nach Oberst Sebastian klang.

„Es läuft", vermeldete der BND-Agent Nummer 18 Robert Urban, zur Zeit in der Rolle des Playboy Monti-Negro tätig.

„Wer sind Sie nun eigentlich?" erkundigte sich sein Chef, „Aga Khan oder der Maharadscha von Eschnapur?"

„Mal der Zinnkönig aus Peru, mal der Finder der goldenen Inkastadt Eldorado."

„Bei mir können Sie sich die Scherze sparen", erwiderte der Operationschef aus Pullach. „Was haben Sie bis jetzt ausgegeben?"

Urban angelte nach seinem Notizblock mit Krokodilledereinband und versuchte seine Eintragungen zu entschlüsseln.

„Etwa fünf Prozent der hälftigen Beute."

„Das sind eine und eine halbe Million Dollar!" Dem Alten blieb die Spucke weg.

„Keine Aufregung. Zehn Prozent Finderlohn stehen mir ohnehin zu."

„Als Geheimagent steht Ihnen gar nichts zu."

„Aber als Privatmann Monti-Negro sind es drei Millionen."

Der Alte räusperte sich.

„Die Darbietung mit den Autos, mußte das sein?"

„Sie war erforderlich und verbreitete meinen schlechten Ruf weiter. Wir bezogen die Wagen mit hohen Rabatten. Außerdem waren es Gebrauchtwagen."

„So wird wertvolles Gut vernichtet."

Urban lachte nur über diese provinzielle Einstellung.

„Habe ich offenes Spesenkonto oder nicht?"

„Nun, die Briten stehen für alles gerade."

„Die Briten sind eben Gentlemen."

„Aber muß man denn alles übertreiben?"

„Hohe Ziele erfordern hohen Einsatz. Will man die fehlenden sechzehn Millionen Pfund Sterling zurück und die Hintermänner obendrein, oder nicht? Wenn Sie den Einsatz abblasen, packe ich sofort meinen Koffer. Sie haben keine Ahnung, Chef, wie anstrengend das Leben hier ist."

„Ich allein kann das nicht entscheiden", erklärte

der Oberst, der mit Schauder daran dachte, wie hier täglich Unsummen verpulvert wurden. Aber es war ja nicht sein Geld.

„Ein einziger Tornado", tröstete ihn Urban, „kostet einhundertzehn Millionen Mark. Und was bringt er, wenn es ernst wird? Er bremst die sowjetische Dampfwalze hochgerechnet für wenige Minuten."

„Sie sind ein Spinner."

„Das verlangt man diesmal ausdrücklich von mir. Ich bin immer das, was man fordert. Immer einsatz-total."

Der Alte wollte endgültig wissen, wann man die erste Bombe platzen lassen könne.

„Geben Sie mir noch eine Woche", schlug Urban vor.

Sie einigten sich auf vier Tage.

„Dann muß ich mich beeilen."

Urban legte auf und dachte sich sein nächstes wildes Stückchen aus, mit dem er die französische Riviera schocken wollte. Dann dachte er an die faszinierende Frau, die er bei einem Motorbootrennen fast überfahren hätte. Er wählte ihre Nummer.

Sie lag noch wach.

„Ich liebe Sie, Mila", sagte er.

„Ich liebe Sie nicht, auch wenn Sie zweimal täglich mein Haus in ein Meer aus Orchideen verwandeln."

„Das kommt noch", sagte er, „Liebe braucht ihre Zeit."

„Wohl kaum, denn ich mag fleischfressende Pflanzen nicht."

Am nächsten Tag schickte er tausend rote Rosen.

*

Monti-Negro alias Robert Urban frühstückte mit Norton Steward auf der Terrasse seiner palastartigen Villa.

Der flachsblonde Engländer hatte sich mindestens ebenso verändert wie sein deutscher BND-Kollege. Norton, den Urban sonst nur in Jeans, Shirt und Cowboystiefeln kannte, trug zum Goldknopfblazer eine makellos gebügelte weiße Hose und ein rohseidenes offenes Hemd.

Wie bei jedem seiner Besuche bewunderte der MI-6-Mann die Villa, den sanft in Richtung Meer abfallenden Park, den halbmondförmigen rosagefliesten Pool.

„Habe mir oft überlegt", sagte er, „wie der Erbauer auf diese Schwimmbeckenform kam."

„Vielleicht war er Türke oder Araber."

„Wir haben nachgeforscht", erklärte der MI-6-Agent, „er war Indonesier."

„Benutzen die auch das Halbmondsymbol?"

Norton Steward winkte ab.

„Es soll eine Sichel darstellen. Der Erstbesitzer war der größte Reisanbauer zwischen Indien und Japan. Reisfelder, Reismühlen, Reisweinkellereien machten ihn zum Nabob. Reis wird mit der Sichel geerntet. Vielleicht ist die Schwimmbeckenform ein Zeichen seiner Dankbarkeit."

„Das hast du jetzt erst herausgebracht?" staunte Urban.

„Wir überprüften aus Sicherheitsgründen alle Personen, die dieses Haus je besaßen. Schließlich soll nicht bekannt werden, daß es nur für einen Monat gemietet wurde."

„Ich würde es gerne für länger behalten."

Der Engländer nahm einen Schluck vom frisch gepreßten Limonensaft.

„Wie lange müßten wir dafür arbeiten?"

Urban knotete den Gürtel des Brokathausmantels enger, dann köpfte er mit einem scharfen Messerschlag das Ei.

„Kommt darauf an, ob man legal arbeitet oder illegal. Illegal schaffst du es vielleicht in drei Monaten, wenn du im Waffengeschäft mitmischst, auf dem Heroinmarkt, im Nachrichtenhandel. Die Vorbesitzer dieses Anwesens kommen alle aus diesen Branchen. Vielleicht war auch ein Anlageberater dabei, oder ein Versicherungsmanager."

„Sind die besser?" fragte Norton Steward zweifelnd.

„Bei dem, was jeder von uns im Kopf hat, kostet der Erwerb eines solchen Hauses wirklich keine Klimmzüge. Aber legal, wenn man es erarbeiten muß, ich meine auf Gehaltsbasis, immer schön Penny auf Penny . . ."

„Fünfzig Jahre", schätzte der Engländer.

„Ich weiß nicht, wie sie euch beim MI-six bezahlen", sagte Urban, „aber zehn Jahre mindestens."

Der Diener brachte frischen Kaffee und duftende Croissants kross aus dem Backrohr.

„Wie lautet der Frontbericht von gestern?" fragte Norton später.

„Lage unverändert", übermittelte Urban. „Weiterhin Spähtruppunternehmen zwecks Abtastung der gegnerischen Linie. - Druck von seiten der Armeeführung."

Norton verstand.

„Das heißt, München will Erfolg sehen. Sei beruhigt, London will auch endlich merken, daß die Maßnahmen greifen."

„Was werden wir heute alles anstellen, um sie auf unsere Angeberspur zu locken?" fragte Urban, dessen Repertoir an Einfällen sich allmählich erschöpfte.

„Wie wär's mit einem Riesenfeuerwerk?"

„Oder damit, daß wir Nizza anzünden und mit Champagner löschen."

„Das ist seit Nero auch nicht mehr so neu."

„Sie geben uns noch eine knappe Woche, dann läuft Stufe zwei an."

„Die Banken?" fragte Norton mit links gehobener Braue.

Urban nickte, strich Marmelade auf die Bißstelle am Butterhörnchen. Der Engländer legte eine Pause ein, steckte sich eine Zigarette an und holte sein Notizbuch heraus.

„Die laufende Überprüfung unserer neuen Freunde hat nichts Positives im Sinne von Bär-Löwe-Nachtigall ergeben. Alles nur Nassauer, die sich an reiche Leute wie dich anhängen. Kein einziger Terrorist ist darunter. Ein paar schiefe Existenzen, aber keine Profi-Kriminellen."

„Und die Mädchen?"

„Bunt gemischt. Einige sind echte Fans von dir. Callgirls sind darunter aber auch kreuzbrave Bürgertöchter aus guten Familien, die hier das wahre, das großartige Leben des Jet-Set kennenlernen möchten."

Urban hatte das Gespräch zu diesem Punkt gesteuert, damit er seinen Kollegen ungeniert nach dem fragen konnte, was ihm am Herzen lag.

„Und Mila Baccari?"

Grinsend schlug der Engländer eine Seite seines Notizbuches um.

„Klarname Milanda Jackson, geboren in Nashville. Vater Amerikaner, Mutter Wolgarussin die, neunzehnhundertzweiundvierzig als Sechzehnjährige in ein deutsches Arbeitslager verschleppt, nach dem Krieg in die USA einwanderte."

„Gab es das?" fragte Urban, „das höre ich zum erstenmal, daß man Russen nach Amerika holte. War Jackson Besatzungssoldat?"

„Sie lernte ihn erst auf einem Folk-Festival kennen", berichtete Norton weiter. „Aber diese Annowna Kosconew hatte etwas, womit ein Mensch alles erreichen kann, was er erreichen möchte."

„Das haben wir auch", bemerkte Urban ironisch.

„Aber das meine ich nicht", erwiderte der Engländer. „Sie besaß Schönheit, Anmut, Charme, das, was man eine blauäugige Ausstrahlung nennt."

„Und sie heiratete einen gewissen Jackson."

„Er galt damals als der beste Hillbilly-Sänger des Südens. Sie gründeten ein Duett, machten eine Menge Dollar, hörten aber auf, als der Sohn zur Welt kam und bald danach die Tochter. Das war um das Jahr fünfzig herum."

Urban rechnete.

„Dann ist Mila jetzt Anfang Dreißig."

„Hast du geglaubt sie sei jünger?"

„Sie gehört zu jenem seltenen Frauentyp, der von zeitloser Schönheit ist", antwortete Urban schwärmerisch.

Der Engländer hatte auch Fotos.

„Wenn man die Bilder betrachtet, scheint Mila noch perfekter geraten zu sein als ihre Mutter. Mila genoß eine erstklassige Ausbildung. High-School, College, University und wurde dann doch, nenn es den Ruf des Blutes, Musikerin."

„Musiker fiedeln im Dutzend", schränkte Urban ein. „Sie ist Geigerin, hündisch verehrt von den größten Symphonieorchestern der Erde."

„Mann, hat's dich aber erwischt!" sagte Steward. „Na schön, sie ist eine ganz prächtige Geigerin. Sie spielte unter Leonard Bernstein, Solti, Karajan und, und ... In einem Hollywoodfilm mimte sie sogar Klara Schumann. Bis vor drei Wochen unternahm sie eine große Europatournee. Im September setzt sie sie fort. Italien, Jugoslawien, Ungarn, Bulgarien, Griechenland et cetera."

„Die Musikwelt liegt ihr zu Füßen“, bemerkte Urban.

„Und auch du, mein Junge.“

„Nicht zu knapp“, seufzte Urban.

„Verstehst du überhaupt etwas von Musik?“

„Mein oberster Horizont sind die Klänge spanischer Zigeunergitarren.“

Der Engländer klappte sein Notizbuch zu.

„Man sagt, Geigerinnen hätten etwas Besonderes an sich. Elektrizität. Es kommt vom Strich des Fidelbogens über die Drähte oder wie dieser Dinger heißen.“

„Saiten“, half ihm Urban.

Der Engländer stand auf, nahm seinen Kaffee mit und stellte einen Fuß auf die Terrassenmauer.

„Diese Mila bringt doch nichts. Ich meine, sie bringt uns nichts im Sinne von weiter.“

„Für diese Frau könnte ich seriös werden“, gestand Urban.

„Sollst du aber möglichst nicht. Leute wie wir dürfen nie Hobby und Job in einen Topf werfen.“

„Deinem Dossier nach ist sie ungefährlich.“

„Aber sie lenkt dich ab vom Pfad der Tugend.“

„Ich danke Gott dafür. Ich entdecke völlig neue Gefühle in mir.“

„Dreh um“, riet ihm der MI-6-Kollege, „mach kehrt, solange noch Zeit ist.“

Bei aller Schwärmerei für die schöne Geigerin hielt Urban noch einen Winkel seines Gehirns für Realitäten reserviert.

„Und ihr Bruder?“ fragte er unvermittelt.

„Er starb als einer der ersten in Vietnam“, erwähnte Norton Steward nebenbei, „mit der ersten Welle, als die USA noch gar nicht offiziell im Krieg waren, ging er drauf.“

Urban zählte zusammen:

„Vater und Mutter bekannte Folk-Sänger, die Tochter weltberühmte Geigerin, der Bruder ein Held. Wo ist der Haken in dieser Familie?“

Norton steckte sich die nächste Navy-Cut-Zigarette an.

„Ich will es dir sagen.“ Er bleckte seine Wikingerzähne. „Der Haken ist der, daß diese Mila Baccari verdammt nichts mit unserer Arbeit zu tun hat. Sie lenkt dich ab, beansprucht achtzig Prozent deiner Kraft, deines Einfallsreichtums, deiner Aktivitäten.“

„Neunzig Prozent“, verbesserte ihn Urban mit erhobenem Zeigefinger.

„Wann siehst du sie wieder?“

„Heute abend.“

„Hoffentlich zum letzten Mal“, wünschte sich der Engländer.

„Eher würde ich sterben“, versicherte Urban, und es schien, als meine er das todernst.

*

Der Abend verlief traurig-schön.

Monti-Negro hatte das Luxusrestaurant Oasis in La Napule gemietet. Die Küchenbrigade hatte ihr Bestes gegeben. Insgesamt neun Gänge wurden von achtzehn Kellnern serviert. Hinter einem weißen Paravent spielte ein Bartrio dezent Evergreens.

Bis zum Loup de mer duldete Urban den vielarmigen Silberleuchter mit brennenden Kerzen zwischen sich und Mila Baccari. Jetzt schob er ihn beiseite.

„Kerzenlicht macht schön“, sagte sie.

„Unnötig bei Ihnen.“

Ihr Dekolleté, wie es aus dem weißen Abendkleid herauswuchs, ebenso der Brustansatz waren vollendet in Form und Teint. Und das Gesicht, umgeben von pechschwarzem Haar, glänzend wie eine Kappe aus Nitrolack, glich dem einer Genueser Adligen.

„Ihr Künstlername Baccari", fragte Urban, „ist das Ihre Erfindung?"

„Die Mutter meines Vaters, sie kam aus Florenz, war eine geborene Baccari."

„Ach deshalb!" Er dachte mehr an sie als an das vorzügliche Diner.

„Und Monti-Negro", erkundigte sich Mila Baccari nach dem Fischgericht.

„Man kann es auch umkehren", erklärte er, „Negro-Monti wäre ebenso falsch. Ich nahm die Tarnung an, um wieder einmal den Kometenschweif von Schnorrern loszuwerden."

„Und ziehen einen neuen an sich."

„Keiner kann aus seiner Haut."

Sie nippte am Rosé.

„Wie lange geben Ihre Bergwerke noch soviel Zinnerz her wie Sie Dollar rauswerfen, Monti?"

„Zwar schmerzt mich der Gedanke, Gnädigste", erwiderte er, „aber meine Gruben werden die Erde noch mit Gold, Silber und Zinn versorgen, wenn die letzte Saite Ihrer Stradivari längst gerissen ist."

„Vielmehr, wenn die Hände, die sie spielten, verdorrt sind."

Noch war ihre Hand voll Leben, durchpulst und kräftig und sonnengebräunt wie ihr ganzer Körper. Er schob seine Rechte auf ihre Linke.

„Es liegt mir fern Sie zu schockieren, Mila", deutete er an, „aber es wäre möglich, daß ich im Laufe dieser Nacht äußern werde, daß ich Sie liebe."

Sie schien zurückzuweichen. Um ihre rehbraunen Augen zuckte es.

„Bitte nein."

„Warum nein?"

„Ganze Welten trennen uns."

„Zwischen den Planeten bestehen oft unglaubliche Anziehungskräfte."

„Sind wir Planeten?"

„Sie ja", sagte er, „pardon, ich vergaß, daß ich gegen Sie nur ein Banause bin, auf keinem Gebiet, mit Ausnahme dem des Geldausgebens, begabt. Aber ich könnte mich ändern."

„Bleiben Sie, wie Sie sind", schlug sie vor.

„Das heißt, es liegt Ihnen nichts daran, daß ich Ihretwegen ein anderes Leben führen würde."

„Am besten verharren Planeten auf ihrer Bahn, sonst gibt es immer ein Unglück."

Schon vor dem Dessert verließen sie das Oasis und fuhren durch die laue Nacht.

Urban schlug vor, in seiner Villa noch Drinks zu nehmen. Sie erklärte, daß es ihr lieber sei, wenn sie das in ihrem Hotelappartement täten.

„Aus Gründen der inneren Sicherheit", scherzte er.

Sie lachte.

„Wo mein Rosenkranz an der Wand hängt, bin ich beschützt."

Vor dem Negresco übergab Urban den Rolls dem Parkwächter und fuhr mit Mila zu den Dachappartements.

Der Champagner war schon gekühlt. Ein Knopfdruck setzte die zehn oder zwölf Lautsprecher der Stereoanlage in Gang. Mit seinem Glas folgte er ihr auf die Terrasse.

Sie tranken und flirteten, aber mehr als daß er ihre Fingerspitzen küßte, ließ sie nicht zu.

„Harte Frage, Gnädigste", er nahm einen erneuten Anlauf, „gibt es einen Mann in Ihrem Leben, ich meine so eine Art ‚Feste Burg er ist mein Gott'?"

Sie sagte weder ja noch nein.

„Also doch“, stellte er fest.

Sie schloß die Lider und bemerkte beinah frivol:

„Sie halten mich offenbar für unberührt.“

„Ich wünschte es mir“, gestand er.

„Wenn Sie Menschenkenner sind, Monti, dann wissen Sie es.“

„Ich bin nur ein sehr minderer Psychologe.“

Sie tranken und redeten und er versuchte Land unter die Füße zu kriegen.

„Dachten Sie nie ans Heiraten, Mila?“

„Sie meinen, weil ich dreißig bin.“

„Kinder, Familie.“

„Ich bin eine gesunde Frau. Welche wünscht sich kein Baby.“

„Fanden Sie den Richtigen nicht?“

„Ich wäge noch ab, was mir wertvoller ist, Liebe oder meine Arbeit.“

Er verstand.

„Die Arbeit bleibt dir treu“, meinte er, „wenn du ihr die Treue hältst.“

„Gut formuliert. So meine ich es.“

„Aber es ist nicht gerade ein Glücklichmacher, dieses Prinzip.“

Sie ging zum Kamin. Die Seide des Kleides lag hauteng auf ihrem Körper. Es formte ihn besser als die eigene Haut. Im Licht reflektierte die Seide jeden Hügel jede Rundung, die Brüste mit ihren Spitzen, die Schenkel. Sogar die Nabelkuhle konnte man ahnen, das gewölbte Dreieck darunter.

„Und was ist Glück?“ fragte sie leise.

Sie bewegten sich im Kreis. Wie er es auch versuchte, die Katze biß sich immer wieder in den Schwanz. Im Grunde ließ sich ihre Diskussion, die sich bis in den Morgen hinzog, auf einen kurzen Nenner bringen:

Sie hielt ihn für einen haltlosen Playboy, der alles,

was ihm gefiel, gleich haben wollte, wenn nicht sogar für einen Ganoven, einen Gangster, ein nutzloses Glied der Gesellschaft. Sie zweifelte, in Zwischentönen war es deutlich hörbar, an den Zinnminen. Sie hielt alles, was er zu sein vorgab, für Schwindel. - Womit sie feines Gespür bewies und recht hatte.

Dagegen war ihr eigener Weg als Künstlerin klar vorgezeichnet. Ihrer Karriere, ihrem Weltruhm opferte sie alles, erst recht so trügerische Kurzereignisse wie Liebe.

„Auch die echte, große, einmalige?" fragte er.

„Gibt es die?"

„Man behauptet es."

„Auch sie ist zeitlich begrenzt."

„Kann man ihr nicht ein Jahr oder etwas mehr opfern?"

„Der Kater danach ist fürchterlich."

„Also no future für uns", resignierte er.

„No future", bedauerte sie, „keine Zukunft."

Es gab keine Chance sie ins Bett zu kriegen. Er versuchte es, er spielte wirklich alle Tricks durch, nicht die banalen, sondern die von der subtileren Sorte. Aber da war eine Mauer hoch und glatt wie Marmor.

Rasch leerte er das letzte Glas, drückte die Zigarette aus und erhob sich.

„Trifft man sich noch einmal?"

„Es war ein erstaunlicher Abend, Monti", sagte sie, „er ging mir ans Gemüt."

„Nun, ein eiskalter Engel sind Sie schließlich nicht."

„Dann würde nie ein Funken zwischen mir und dem Publikum überspringen. - Ich will ganz offen sein. Ich mag Sie gern. Aber in wenigen Tagen reise ich ab. Tourneevorbereitungen. Und noch eines,

Monti: bitte plündern Sie meinetwegen nicht alle Blumenläden und Juweliergeschäfte, die müssen doch schon ausgeräumt sein."

„Egal, was sein wird, Madame, es war die schönste Kapitalanlage meines Lebens. Allein, daß Sie mir diese Nacht widmeten."

Das war insofern nicht übertrieben, als es auf halb vier Uhr ging.

An der Tür flüsterte sie:

„Ich möchte Sie noch einmal sehen, Monti."

„Dasselbe Spiel?"

„Vielleicht ein anderes", deutete sie an.

„Wann immer Sie wollen."

Sie hauchte ihm einen Kuß auf die Wange.

Im Lift schalt er sich einen Idioten, mit der Vorsilbe voll.

Aber irgend etwas an dieser Frau stimmte nicht. Irgend etwas ging nicht auf in dieser Gleichung aus Schönheit, Anmut und Moral mit hohem künstlerischem Niveau, Karriereplanung und Berechnung.

Irgendwo lauerte eine unbekannte Größe. X ist gleichwas? überlegte er. Er kam nicht dahinter. Und deshalb konnte man den Abend als traurig-schön bezeichnen.

6.

Am zweiten Tag nach Wochenanfang wurden mehrere Fünfzig-Pfundnoten aus dem schottischen Geldraub registriert.

Zunächst sah es aus wie purer Zufall.

Der Angestellte einer Londoner Bank, der an diesem Nachmittag Bündel um Bündel in die Zählmaschine schob, hatte insofern einen Fehler begangen, als er statt hundert Fünfzig-Pfundnoten hundert und eine banderoliert hatte.

Dies zeigte die Maschine durch einen Summton an.

Der Angestellte zog die überzählige Note aus dem Paket, prüfte sie automatisch zwischen den Fingern. Dem Griffgefühl und dem Rascheln nach zu urteilen, war sie echt. Stichprobeweise tippte er die Nummer in den Computer. Nach Sekunden erschien auf dem Bildschirm ein selten aufflammendes Warnsignal. Es kam eigentlich nur dann, wenn mit der Seriennummer etwas nicht stimmte.

Der Angestellte ging bankbeamtenkorrekt der Sache nach.

Minuten später stand er vor seinem Filialdirektor.

„Eine Note aus dem Schottlandraub, Sir", meldete er atemlos.

„Brav, Mister Mithly", lobte der Direktor und rief sofort Scotland Yard an.

Im Yard war die Sonderkommission gerade in Auflösung begriffen. Sie gründete sich umgehend wieder und leitete Routinemaßnahmen ein.

Woher kam das Geld? - Von einer Bank in Frankreich.

Woher hatte die es? - Von einer Devisensammelstelle an der Côte d'Azur.

Der Weg wurde weiterverfolgt. Sämtliche Pfundnoten aus dieser Quelle wurden ausgesondert und überprüft. Ergebnis: Vierzigtausend Pfund, achthundert Banknoten also, waren von verschiedenen Leuten auf mehreren Geldinstituten Südfrankreichs zur Einzahlung gebracht worden. Alle stammten sie aus dem Schottlandraub.

Beim Yard frohlockte man schon.

Bis die Sache dem Yard-Chef vorgetragen wurde. Dieser dämpfte den Ausbruch von allgemeiner Fröhlichkeit sogleich.

„Vorsicht, Gentlemen", gab er als Parole aus, „mit

Handschuhen weitermachen. Schätze, hier sind Lockspitzel am Werk."

So wurde die Zuversicht schlagartig wieder gedämpft. Aber der Yard blieb am Ball. Auf die Banken wurde entsprechend eingewirkt, daß sie aufpassen und abwarten sollten.

*

Am Freitag, kurz vor Schalterschluß, erschien in der Hauptniederlassung der Credit Agricole in Marseille ein Ausländer. Er wollte zwanzigtausend Pfund in Dollar umtauschen. Als man ihm erklärte, so viele Dollars habe man nicht vorrätig, zeigte er sich bereit, auch einen Teil Schweizer Franken oder D-Mark zu akzeptieren.

Während die Pfundnoten gezählt und geprüft wurden, versuchte einer der Bankangestellten mit dem Kunden ins Gespräch zu kommen. Warum er soviel Bares mit sich herumtrage, fragte er beiläufig. In Marseille sei das nicht ungefährlich.

„Anderswo auch nicht", erwiderte der etwa dreißigjährige blonde Bursche.

Er trug einen beigen Sommeranzug, korrekt mit Hemd und Krawatte. Sein Französisch hatte leichten Akzent.

„Bargeldlos über Konten wickelt sich das einfacher ab", meinte der Angestellte.

„Wozu gibt es dann noch Papiergeld?" fragte der Kunde entwaffnend logisch.

„Daß man das Taxi bezahlen kann", erwiderte der Mann hinter dem Schalter. „Aber in zehn Jahren geht auch das mit Kreditkarte."

Er verschwand, kam aber bald zurück.

„Noch einen Augenblick, Monsieur. Dann haben

wir es zusammen. Mit französischen Francs wäre es einfacher."

„Leider wünscht mein Lieferant Zahlung in Devisen", bedauerte der Kunde. „Nicht meine Schuld, daß Ihre Landeswährung so weich ist, Monsieur."

Der Franzose lächelte säuerlich, ging dann abermals nach hinten.

Im Zählraum hörte er, daß man mehrere Banknoten entdeckt habe, deren Registriernummern mit denen aus dem schottischen Geldraub übereinstimmten.

Der Direktor wurde gerufen.

„Hauptsache, es ist kein Falschgeld", äußerte er und rief eine Nummer an, die er seinem Notizbuch entnahm.

Bis die Verbindung kam, hielt er die Sprechmuschel zu und flüsterte:

„Die Polizei!"

Aufgeregt meldete er dem zuständigen Beamten, daß ihnen heißes Geld vorgelegt worden sei. Der Beamte bat, daß man den Fremden noch für wenige Minuten festhalten möge und um dessen Beschreibung.

„Sonst nichts?" fragte der Bankdirektor.

„Alles andere übernehmen wir."

Der Angestellte vom Devisenschalter kümmerte sich wieder um den wartenden Kunden.

„Es gibt ein Problem", erklärte er. „Mit Sorten sind wir ziemlich ausgeräumt heute. Dürfen auch Lire dabei sein?"

„Dann lieber holländische Gulden", bat der Flachsblonde mit den blauen Augen.

Eine Minute vor 16 Uhr hatte er endlich sein Geld. Oberflächlich zählte er die Bündel nach, verstaute sie in seinem Aktenkoffer, quittierte und verließ den Credit Agricole in der Rue Valentine.

Von diesem Augenblick an wurde er pausenlos beschattet. Aber das wußte er. Nicht umsonst hieß er Norton Steward und war einer der besten Operativ-Agenten des MI-6.

*

Die Kripo Marseille verständigte die Sûreté Paris. Das dortige Raubdezernat setzte sich mit Interpol in Verbindung. Diese wiederum war nur Schaltstelle und informierte Scotland Yard in London.

„Wie sieht es aus?“ fragte der britische Sachbearbeiter.

„In Südfrankreich beschatten sie einen Mann, der mit Sicherheit Banknoten aus dem schottischen Geldraub umtauschte.“

Der Mann im Yard hatte strikte Anweisung, nichts über die Taktik verlauten zu lassen. Hierüber durfte im Moment nur auf höchster Ebene unter vier Augen gesprochen werden.

„Wie kann man nur so idiotisch sein und heißes Geld auf die Bank tragen“, bemerkte der Engländer.

„Noch ist offiziell nicht bekannt, daß gewisse Partien aus dem Geldraub registriert sind.“

Der Engländer ließ sich berichten, wie die Franzosen vorzugehen beabsichtigten.

„Der Geldwäscher nützt uns wenig. Wir greifen zu und haben nur eine Randfigur. Auf den Mann im Zentrum kommt es an.“

„Ganz meine Meinung“, bestätigte der Engländer. „Wohin begab sich der Wechsler?“

„In einem teuren Sportwagen, andere Autos benutzen diese Herrschaften ja nicht, fuhr er nach Nizza.“

„Wurden dort Kontakte beobachtet?“

„Das nicht“, erklärte der Franzose von Interpol,

„aber unsere Leute haben einen bestimmten Verdacht. Seit Wochen treibt ein Spinner sein Unwesen und wirft das Geld wie ein Milliardär aus dem Fenster. Den nehmen wir jetzt unter die Lupe. Sollte sich eine Verbindung zwischen ihm und dem schottischen Geld ergeben, ist der Fall klar."

„Und wie heißt der Mann?" erkundigte sich der Yard-Beamte.

„Er tummelt sich unter dem Namen Monti-Negro, der vermutlich falsch ist."

„Kann man das nicht feststellen?"

„Nun, sein Paß wurde überprüft. Er ist in Ordnung."

„Sonstige Verbindungen zur Unterwelt?"

„Er wird sich hüten. Der ist doch ganz gerissen, der Typ."

„Und soll heißes Geld umtauschen?" wunderte sich der Brite.

„Umtauschen lassen", verbesserte der Mann von Interpol. „Wir halten Sie auf dem laufenden, Kollege. Ich an Ihrer Stelle würde schon die Auslieferung beantragen. Ich meine, einen Blankoantrag. Den Namen kann man hinterher einfügen."

„Danke für den Tip", sagte der Yard-Superintendent. „Man sollte das alles noch geheim behandeln, damit uns der Fisch nicht halbgar aus der Pfanne hüpft."

„Klar, streng vertraulich", versicherte Interpol.

Am nächsten Tag stand es in den meisten Zeitungen. Wer die Presse informiert hatte, das wußte niemand. Keiner wollte es gewesen sein. Die verdächtigten Behörden entrüsteten sich über die Anschuldigungen. Angeblich gab es bei keiner eine undichte Stelle.

Die meisten Blätter brachten auf der Titelseite, daß Banknoten aus dem dreisten Geldraub in

Schottland an der Côte d'Azur aufgetaucht seien. Man schließe nicht aus, daß gewisse Leute, die sich zwischen Nizza und Cannes aufführten wie ehemals indische Maharadschas, damit in Zusammenhang stünden.

Namen wurden nicht genannt. Doch wer die Gesellschaftsnachrichten und die Klatschspalten las, der konnte sich unschwer zusammenreimen, um welchen Kreis von Personen es sich handelte.

Währenddessen tobte in der Polizeipräfektur von Marseille der zuständige Kommissar.

„Die Presse fällt uns wieder in den Rücken", entrüstete er sich bei der Frühkonferenz. „Jetzt sind diese Halunken natürlich gewarnt. Wenn ich den zu fassen kriege, der uns diesen Knüppel zwischen die Beine geworfen hat, dem trete ich in den Hintern, trete ich dem, und bis vorne durch."

Wenn der Kommissar den wahren Verräter gekannt hätte, hätte er entweder an seinem Verstand gezweifelt, oder an dem Sinn jeglicher Zusammenarbeit der Polizei über die Grenzen hinweg, und er hätte sich gefragt, wie sie dazu kamen, für andere die Kastanien aus dem Feuer zu holen.

Denn kein anderer als Scotland Yard London hatte, auf Umwegen selbstverständlich, die Meldung an die französische Presse lanciert.

7.

Am Dienstag, als das Pflaster für Monti-Negro an der Riviera immer heißer wurde, rief Mila an.

„Ich möchte Sie noch einmal sehen", bat sie.

Urban warf seinem italienischen Geheimdienstkollegen Emile Amato einen bedauernden Blick zu.

Auch dieser Anruf war nicht die Kontaktherstellung, auf die sie seit Tagen warteten.

Amato, der Urbans Schwäche für die Geigerin kannte, verließ die Wohnhalle und legte sich auf die Terrasse.

„Mir geht es ebenso", gestand Urban seiner Angebeteten.

„Ich wollte, konnte nicht abreisen, ohne ..."

„Das macht mich sehr glücklich", äußerte er.

„Aber versprechen Sie sich bitte nicht zuviel."

„Wieviel", fragte er, „darf ich?"

„Nicht alles", flüsterte sie. „Wir müssen bescheiden sein. Unsere Freundschaft hat keine Zukunft, also hüten wir uns davor, daß es Liebe wird."

„Zu spät", bedauerte er. „Wann treffe ich Sie?"

Sie schien nachzudenken.

„Meine Tournee beginnt in Rom, von da geht es weiter nach Budapest, Belgrad, Athen, Freunde nehmen mich auf ihrer Yacht bis Ostia mit. Das Schiff liegt in San Remo. Meine Freunde kommen erst morgen mittag. Wir könnten uns heute abend an Bord ... das Schiff gehört uns allein ... wenn es Sie nicht stört ..."

„Ich würde bis zum Mond fliegen", antwortete Urban.

Milà Baccari nannte ihm den Namen der Yacht und beschrieb den Liegeplatz in einer Bucht.

„Wenn die Sonne untergeht", sagte sie noch.

„Warum nicht schon, wenn sie noch am Himmel steht?"

„Geduld, mein Freund."

„Ich will es versuchen", versprach er.

Nachdem er aufgelegt hatte, kam der Italiener wieder herein. Der sonst korrekt gekleidete SIFA-Agent trieb sich seit Beginn des Einsatzes nur in Drellhosen und Fliegerhemd herum. Es war von dunkelblauer Farbe, so daß man nicht wußte, ob er es überhaupt wechselte. Seine Füße steckten in Leinenschuhen mit dicker Schnursohle.

„Die Baccari?“ fragte er mit angehobener Braue.

Urban nickte.

„Wir haben mit Zitronen gehandelt“, fürchtete Emile und mixte sich einen Drink, wozu er Komponenten benutzte, die auch einen Dieselmotor zum Laufen bewogen hätten. „Natürlich hat dich diese Gangsterbande längst im Fadenkreuz. Aber sie sind Profis. Möglicherweise hast du dich einen Zahn zu auffällig verhalten. Sie wittern das Gift im Honig.“

„Jetzt, wo es sich nur noch um Stunden handeln kann, bis mich die Polizei verhaftet, müssen sie aktiv werden“, erwiderte Urban, „oder sie haben das Nachsehen.“

„Oder einen ausgeklügelten Plan.“

Urban mischte sich einen Fünf-zu-Eins, gab Eis hinzu und nahm einen Schluck.

„Schön, ich habe auf die Pauke gehauen. Vielleicht einmal zu laut. Aber meine Tarnung ist perfekt.“

„Deine Mutter würde dir die Brust verweigern.“

Urban trat an den Spiegel und prüfte seine Maske unter verschiedenen Blickwinkeln.

Sein Haar war leicht grau gefärbt, der Bart um Oberlippe und Kinn war sorgsam gestutzt und echt. Dünn aber echt. Wegen der hellgrauen Hans-Albers-Augen trug er getönte Haftschalen, die allerdings die üblichen Reizprobleme verursachten. Er benutzte sie ungern, die Dinger.

„Wie viele Schatten habe ich bis jetzt?“ fragte Urban.

„Immer noch die zwei Typen von der hiesigen Kripo. Sie lösen einander ab. Mehr als beobachten können sie dich im Moment nicht. Deine Papiere sind in

Ordnung, und Norton Steward wird sich hüten, dich auf der Straße zu umarmen."

Urban überlegte halblaut.

„Was ist besser, der Polizei Anlaß zur Verhaftung zu geben, mich dann auf Kaution freizukaufen, oder gleich das zu tun, wozu ich Lust hätte?"

„Die Baccari zu sehen?" fragte der Italiener mit feinem Gespür für Liebesaffären.

„Sie erwartet mich in San Remo."

Amato leerte sein Glas mit dem naphtafarbigen Gemisch und steckte sich eine Nazioni an.

„Ich halte das für ausgezeichnet", meinte er. „Du verläßt die Villa mit einem Trick, der gerade so gut ist, daß sie mit Verzögerung merken, daß du nicht mehr da bist. Und dann . . ."

„Dann Päng!" rief Urban.

„Sie werden überlegen, wo sie den Kuchen anschneiden sollen", fuhr der Italiener fort, „vorne oder hinten."

„Wo bei einem Kuchen", fragte Urban, „ist hinten oder vorne?"

*

Gegen 18 Uhr verließ der offene Renault Rodeo aus Monti-Negros Fuhrpark die Villa. Am Lenkrad saß der Italiener. Hinten, unter einer Plane, lag Urban.

Im Rückspiegel konnte Amato sehen, wie der Kriminalbeamte zum Funktelefon seines Peugeots griff. Mehr passierte zunächst nicht.

Unten in Cannes fuhr Emile Amato in eine Tiefgarage. Urban kroch unter der Tarnung hervor und übernahm das kleine Freizeitauto.

Der Italiener empfahl sich. Er hatte es eilig. Eine Menge war vorzubereiten.

Urban setzte Sonnenbrille und Mütze auf, bewegte

den Rodeo gemütlich durch den Abendverkehr nach Monaco und weiter zur Grenze, die er kurz vor 19 Uhr in Richtung Italien problemlos überschritt.

Von Menton aus hatte er nur noch wenige Kilometer. Hinter Ospedaletti bog er auf die untere Küstenstraße ab und achtete von jetzt ab auf die Wegweiser.

Wo es hieß ‚Villa Domani' nahm er die Kurve und schaltete in den ersten Gang zurück, weil der Weg zum Strand hinab kurvig und steil wurde.

Hinter einer pinienbewachsenen Felsnase, die er bis zu den Radnaben im Wasser umrundete, sah er die Yacht liegen. Yacht war untertrieben. Das weiße Dreißigmeterschiff stank nach Luxus und den Steuersünden des Commendatore, dem es gehörte.

Obwohl die Sonne erst in zwei Stunden unter dem Horizont verschwand, war Mila schon an Bord. Sie winkte ihm zu.

Urban parkte den Rodeo im Schatten und schlenderte am Anleger entlang an Bord.

„Frauen haben Gepäck", rief er, „Frauen wie Sie haben Berge von Gepäck. Wie kamen Sie hierher? Mit dem Transporthubschrauber?"

Sie deutete hinauf zum Pinienwald.

„Es gibt auch eine Straße. Aber ich dachte mir ... ich fürchtete ..."

„Was?" fragte er.

„Daß Sie auf dem alten Pfad sicherer sind."

Er überquerte die federnde Stelling.

„Vor wem?" tat er erstaunt.

„Man hört so manches."

„Was hört man?"

Er schaute sich um, konnte aber nichts sehen. Oben im Wald gab es keinen Beobachter, der sich mühsam zu verstecken versuchte, und auch draußen segelten nur ein paar Windsurfer vorbei.

„Nichts hört man", wich sie aus.

Er lächelte und stand jetzt vor ihr.

„Jeder behält seine Sorgen für sich. Einverstanden?"

„Und seine Gefühle", ergänzte Mila.

Wie es aussah, waren sie wirklich allein an Bord des Schiffes. Die Besatzung hatte offenbar Landurlaub. Urban hütete sich jedoch, Schlüsse daraus zu ziehen, oder Hoffnungen abzuleiten.

Seine Vorsicht war unbegründet. Er hätte die Schlüsse ruhig ziehen sollen. Mila war wie verwandelt. Eine völlig andere Frau.

Bis jetzt hatte er zwar ihr Dekolleté bewundern dürfen, sie hatte auch kurze Röcke getragen und ihre rassigen langen Beine gezeigt, aber daß sie ihn im Bikini empfing, hatte er nicht erwartet.

Der Bikini war nicht einer von der luftigen Tangasorte, seine schwarze Seide ließ noch einige Quadratzentimeter von Busen und Schamhügel bedeckt.

„Sie sind doch nicht etwa unter die Nudisten gegangen", bemerkte er.

„Ich kann auch einen Frotteemantel überziehen."

„Madonna, bloß das nicht!"

„Gehen wir schwimmen?" fragte Mila.

„Keine Badehose", erklärte er.

„Dann schwimmen Sie eben nackt. Was ist dabei."

„Darf es sofort sein?" fragte er.

„Auf jeden Fall vor dem Dinner, würde ich sagen. Jetzt ist es eigentlich am schönsten."

Er kleidete sich aus. Dabei hatte er nicht den Eindruck, daß sie hin- oder wegsah. Sie verhielt sich völlig locker, als sei es ganz normal, daß ein Mann sich zum Baden entkleidete. Als er den Slip abstreifte, zeigten seine zwei Daumen, die in den Gummirand fuhren, nicht den geringsten Verzögerungseffekt. Braungebrannt, sehnig muskulös, den Athletenkörper lediglich von ein paar Narben verunziert, machte er sich fertig zum Hechtsprung in die lagunenblauen Fluten. Er blickte Mila an, lächelte, und sein Lächeln erstarrte.

Mila Baccari, für ihn die Lady aller Ladies, faßte nach hinten, löste den Oberteilverschluß, ließ die eine Hälfte des Bikini fallen, und während sie ihm ihre stolz gereckten Brüste zeigte, schlüpfte sie graziös aus dem Höschen.

Urban ließ keinen Blick von ihrem Körper, und sie genoß es offensichtlich wie Berührungen.

„Alles in Ordnung?“ fragte sie.

„Kann man wohl behaupten.“

„Dann hinein in die Fluten!“

Er federte ab und hechtete über die Reling ins kühle Blau. Als er eine torpedoähnliche Blasenbahn ziehend wieder auftauchte, schwamm Mila neben ihm mit nichts an als einer Bademütze.

„Wie finden Sie das?“ rief sie.

„Wir sollten endlich du zueinander sagen“, schlug er vor.

„Nicht mit Männern, die ich kaum kenne“, erwiderte sie ausgelassen.

Da crawlte er zu ihr hin, packte sie, zog sie unter Wasser, umarmte und küßte sie.

Sie wehrte sich auf eine Weise, daß man nicht wußte, ob sie zu ertrinken fürchtete, oder ob sie andere Gründe hatte. Doch plötzlich leistete sie keinen Widerstand mehr, als sei sie schon ertrunken. Aber an ihren Küssen, wie sich ihr Körper an ihn preßte und ihn mit den Beinen umfing, merkte er wohl, daß noch sehr viel Leben in ihr war.

Als sie wieder auftauchten, war alles vorbei wie ein Spuk.

*

Monti-Negro alias Robert Urban sah sich Wechselbädern ausgesetzt, als pendle er mit Lichtgeschwindigkeit zwischen der Sahara und dem Nordpol hin und her.

Mila duldete, daß er sie in einen weißen Frotteemantel hüllte und abrubbelte, aber nicht, daß er dabei an kritischen Stellen verweilte.

„Wo bleibt der Bruderschaftskuß?" wollte er wissen.

„Unnötig bei erwachsenen Menschen, oder?"

Er mixte Drinks, hart und frech. Sie hielt tapfer mit und zeigte keinerlei Wirkung. Dann, als die Sonne unterging, fuhr sie einen Servierwagen mit dem Dinner in den Salon.

„Wo hat sich der Koch versteckt?" fragte Urban.

„Alles fix und fertig aus der Negresco-Küche angeliefert", erklärte sie.

Sie war genial begabt auf dem Gebiet, einen Mann verrückt zu machen. - Naturtalent oder Taktik, überlegte Urban.

Zu seinen Gunsten nahm er an, daß es Taktik war und wurde fortan ganz kühl.

Wenn er erst merkte, wie man mit ihm umsprang, dann paßte er sich jeder Situation an. Er hatte nur noch Blicke für die Köstlichkeiten der Tafel und nicht für Mila, egal wie sie den Bademantel vorne klaffen ließ, wie sie Andeutungen von Brust und Schenkel zeigte. Er widmete sich dem getrüffelten Omelette, dem Gänseleberparfait, den Steaks aus Schweinefilet, dem Schokolademousse, dem Maracujasorbet, dem Champagner, dem Kaffee und seiner Zigarre.

Sie spürte, wie ihre Ausstrahlung auf ihn nachließ.

„Unser letzter Abend", erinnerte sie ihn.

Er nickte und blies den Havannarauch zur Salondecke.

„Am Ende seiner Selbstbeherrschung flüchtet sich ein Mann in Resignation."

„Habe ich etwas versprochen?" fragte sie raffiniert arglos.

„Nur angedeutet, meine Liebe."

„Dann hast du mich falsch verstanden."

„Pardon", sagte er, „verzeih!"

„Traurig?" fragte sie.

„Nein, ich war nie so fröhlich."

Je weiter er von dem abrückte, was er eigentlich wollte, desto mehr schien sie ihm entgegenzukommen. Sie wollte nicht, daß er sie so verführte wie jede andere Frau, aber daß er es nicht versuchte, das behagte ihr auch wieder nicht. Sein Verhalten begann sie zu irritieren. So sehr, daß sie bald alle Vorsätze vergaß.

Das Diner war beendet. Mila leerte ihr Glas, reichte ihm die Hand und sagte: „Kommst du mit?"

„Wohin? In den Maschinenraum?"

„Du wirst sehen."

Nur wenige Meter, und sie waren in einem Schlafzimmer mit einem so feudalen Bett, daß man es nur als Spielwiese bezeichnen konnte.

Es war wie vor zwei Stunden, als sie ins Wasser sprangen. Mila legte den Bademantel ab. Und dann war es wie in der blauen Tiefe unter Wasser. Sie ließ sich küssen, sie umarmte ihn, und weil sie jetzt keine Atemnot mehr hatten, ließ sie sich auf das Bett ziehen und ergab sich seinen Zärtlichkeiten.

Der Rest war schlicht und einfach Wonne pur. Sie sättigten sich aneinander, bis der große Hunger, der peinigende Durst gelöscht waren.

„Wie bei der Hochzeit von Kanaan", sagte er, „der beste Wein wurde zum Schluß gereicht."

Sie holte Champagner ans Bett, und später, als sie sich wieder liebten, wußten sie, daß sie wohl nie genug davon bekommen würden.

„Hast du Zeit?“ flüsterte Mila in seinen Armen.

„Solange du willst“, sagte er.

*

In der Nacht, es war dunkel, Urban fühlte sich wohl wie selten, da merkte er, daß Mila das Schlafzimmer verließ.

Durch die großen Fenster auf Steuerbordseite sah er sie an Deck. Sie stand an der Reling und schien den Mond und die Sterne zu betrachten.

Doch mit einem Mal war sie verschwunden und kam eilig wieder zu ihm. In der Annahme, er schlafe, weckte sie ihn.

„Monti“, rief sie, „Monti! Mein Gott, was ist geschehen!“

Er richtete sich auf, machte Licht.

„Kein Licht!“ rief sie. „Schau!“

Er sprang aus dem Bett und neben sie an das Schlafzimmerfenster. Sie deutete zum Strand hinüber.

„Was ist? Ich kann nichts erkennen.“

„Die Schatten!“

Er tat, als müßten sich seine Augen erst darauf einstellen.

„Leute“, flüsterte sie aufgeregt, „Autos! Ich sah Taschenlampen blitzen.“

Urban verhielt sich absolut ahnungslos.

„Deine Freunde?“ fragte er.

„Die kommen erst gegen Mittag.“

„Die Besatzung der Yacht?“

„Die würde sich anders verhalten.“

Er sah nur den Schimmer ihrer Augen. Sie war

ganz nahe bei ihm, und er spürte ihre Angst, ihre Panik, was immer es sein mochte.

„Monti", fragte sie besorgt, „kann es Polizei sein?"

„Möglich", deutete er an.

Rasch machte er sich von ihr frei, tastete im Dunkel nach Hose, Hemd und Schuhen und zog sich an.

„Sind sie deinetwegen da?" hörte er sie fragen.

„Vielleicht."

„Was hast du vor?"

„Ich muß weg."

„Egal was sie von dir wollen - wäre es nicht besser sich zu stellen?"

Er lachte bitter.

„Adieu Chérie. Paß auf dich auf. Wir sehen uns wieder. Ich finde dich."

„Die Welt ist groß."

„Du bist eine berühmte Frau. Prominenz hinterläßt Spuren."

„Mein amerikanischer Agent ist die Firma Concert-Contract in New York", sagte sie. „Und wo wirst du sein?"

Urban nannte ihr seine Telefonnummer in München als die eines Freundes. Sie wiederholte die sechs Ziffern.

„Ich werde sie nicht vergessen, was auch geschieht."

„Also dann, Chérie, irgendwann, irgendwo."

Er fühlte zum letzten Mal ihren Körper, ihre Wärme und ihren Mund.

Sie wollte ihm noch ein Stück Hoffnung mit auf den Weg geben, aber da war er schon fort, verschwunden wie ein Schlagschatten, wenn sich die Sonne verdüstert, so, als hätte es ihn nie gegeben.

*

Mila Baccari stand an der Reling und lauschte. Zu hören war nichts, zu sehen noch weniger. Der Mond war untergegangen. Eine Dunstschicht schirmte das Restlicht ab, das sonst ein klarer Sternenhimmel liefert. Man konnte von nahezu perfekter Dunkelheit sprechen.

Was Monti-Negro unternahm, um der am Ufer wartenden Polizei zu entkommen, ließ sich nur ahnen. Er würde ins Beiboot klettern, die Leine lösen und es mit vorsichtigem Ruderschlag in Richtung auf das Vorgebirge und dann um dieses herum bewegen.

Nur so konnte er entkommen.

Mila wußte nicht, wieviel Zeit inzwischen vergangen war. Sie konnte zwar sehr genau Tempi und Rhythmus einer Paraphrase einhalten, aber abzuschätzen, wie viele Sekunden verstrichen, wenn man sich in lautloser Dunkelheit bewegte, dazu war sie wie die meisten Menschen nicht in der Lage.

Sie merkte nur, daß sich die Reling allmählich taufeucht anfühlte.

In diesem Augenblick wurden Dunkelheit und Stille auf unnatürliche Weise durchbrochen. Am Strand, nahe der Felsnase, flammte ein Scheinwerfer auf. Dann noch einer. In ihrem Schnittpunkt bewegte sich ein Mann. Er tat dies so rasch, daß ihn die Scheinwerfer verloren.

Eine lautsprecherverstärkte Stimme hallte herüber. Sie war nicht zu verstehen. Doch in der Sekunde, als der linke Scheinwerfer den Mann wieder erfaßte, fiel ein Schuß.

Der Mann im Licht tauchte weg. Ein zweiter Schuß fiel und rasch hinterher der dritte. Gleichzeitig ertönte ein Schrei. Der eines Getroffenen.

Die Scheinwerfer verloschen. Hier und da blinkte

eine Handlampe auf. Dann sprang ein Wagenmotor an.

Mein Gott, dachte Mila Baccari, was muß denn noch alles passieren.

Wind kam auf, und es fröstelte sie.

8.

Die Kommandoeinheit 33 war wieder komplett.

Emile Amato fuhr den Fiat 131 Kombi, Norton Steward saß hinten neben Urban.

Beide trugen sie italienische Polizeiuniformen. Amato die graue der Polizia stradale, der Engländer die schwarze der Carabinieri. Sie sahen darin äußerst echt aus.

Daß auch der Fiat das Nötige hermachte, dafür hatte der SIFA-Agent gesorgt. Der Kombi war im üblichen Blau und Weiß der Polizeifahrzeuge lakkiert und trug beiderseits die schwarzen Aufschriften. In diesem Punkt hatte alles seine Ordnung. Schließlich hatte Amato den Wagen samt Sirenen und Drehlicht bei den Behörden in Imperia organisiert.

„Und jetzt?“ fragte der Engländer.

Urban hielt ihm die Handgelenke hin.

„Fesseln.“

Obwohl es so abgemacht war, fragte Norton:

„Wozu?“

„Bin sicher“, antwortete Urban, „daß alles beobachtet wurde. Vielleicht versuchen sie es doch noch.“

Der Engländer ließ die Handschellen einrasten.

Um eine echte Fesselung handelte es sich trotzdem nicht. Amato hatte das Schloß präpariert, indem er in die Schlüsselöffnung ein Stück Draht gespreizt hatte, das die Schloßnase offenhielt.

„Du kannst jederzeit rausschlüpfen", erwähnte Norton Steward, „wie verabredet."

„Wie verabredet", erwähnte Urban, „wolltest du auch nicht zuschlagen, hast mich aber ganz schön erwischt."

„Es sollte echt aussehen, für den Fall, daß es Zeugen gab."

„Was mich betrifft", rief der Italiener von vorn, „ich habe nichts gesehen. Nur die Radspuren des Rodeo."

Er fuhr nicht langsam und nicht schnell. Oben an der Küstenstraße hielt er sich Richtung Genua.

„Eigentlich haben wir uns auf eine Überraschung zum Frühstück eingerichtet", sagte der Engländer. „Es lief viel zu früh ab."

„Mila ging irgendwann an Deck", erzählte Urban, „und muß euch gesehen haben. Dann gab ich das Lichtsignal."

Der Italiener lachte leise aber anhaltend.

„Sie wollte dich vor dem Zugriff der Polizei retten. Und schenkte dich uns."

„Oder sie wollte ihn", mutmaßte der Engländer, „für andere vor der Polizei bewahren."

„Nur für sich", betonte Urban, „für sich allein."

„Liebende Frauen sind Egoisten."

„Liebende Männer etwa nicht?" Urban bat um eine Zigarette.

Sie rollten weiter durch die Nacht. Auf der unteren Küstenstraße herrschte, jetzt um 02.45 Uhr, kaum noch Verkehr.

„Wenn bis Alassio nichts passiert", schätzte der Italiener, „dann passiert auch bis Genua nichts. Dann gebe ich morgen früh den Wagen zurück. Wir gehen noch einen trinken und die Kommandoeinheit dreiunddreißig löst sich auf."

„Wegen Mißerfolges", ergänzte der Engländer.

Urban stimmte beiden Kollegen zu.

„Ich weiß verdammt nicht", fluchte er, „warum man weitermachen sollte."

„Wird ein hartes Stück Arbeit, das unseren Bossen klarzumachen."

„Am besten, man erscheint gar nicht mehr zum Dienst."

„Ich fahre nach Cornwall zum Fischen", sagte der blonde Brite. „Und du, Emile?"

„Ich weiß nur, was Urban tun wird", erwiderte der Mann aus Rom, „er reist hinter seiner neuesten Eroberung her und entdeckt seine Vorliebe für klassische Musik."

„Eigentlich hasse ich Geigensoli", gestand Urban.

*

Amato überholte einen Lastzug, der an der Steigung nur auf vierzig kam. Kaum hatte sich Amato wieder nach rechts begeben, röhrte ein schneller Sportwagen an ihnen vorbei. Oben an der Hügelkuppe flammten kurz seine Rücklichter auf, dann war er auf der Ostseite weggetaucht.

„Der hatte mindestens hundertvierzig drauf", schätzte der Italiner.

„Wenn du ein echter Polizist wärst, dann wäre er jetzt reif."

„Und ich würde ihn auch kriegen", versicherte Amato, „verlaß dich drauf. Natürlich nur, wenn ich ein Polizist wäre und die nötige Mentalität besäße."

„In unserem Job hast du am besten gar keine", meinte Urban, „kein Gefühl, keine Moral, keine Müdigkeit, wie ein Computer. Du lieferst perfekte Arbeit, im übrigen aber bist du schwachsinnig."

Der Lastwagenfahrer hinter ihnen blendete auf. Amato schalt ihn einen Idioten, gab Gas und beschleunigte an der Steigung, um Abstand zu dem Lkw herzustellen.

„Wenn ich ein echter Polizist wäre", schimpfte der SIFA-Mann wieder, „dem würde ich das austreiben."

Im selben Moment trat er voll auf das Bremspedal.

Der Sportwagen stand nur dreißig Meter jenseits der Hügelkuppe quer. Obwohl er ihnen die Flanke zeigte, flammten zwei Scheinwerfer auf. Blind brachte Amato den Fiat zum Stehen.

Der Kombi schlitterte auf dem taufeuchten Asphalt.

Inzwischen hatte Steward seine Pistole aus dem Futteral gerissen, drückte die Tür auf und stand draußen.

Ein Schuß fiel. Reaktionsschnell ging der Engländer in die Hocke, um ein möglichst kleines Ziel zu bieten und schoß ebenfalls.

Unter der ersten Kugel zersplitterte eine der Halogenlampen. Aber schon stand der Lastwagen hinter ihnen. Die Silhouette eines Mannes vergrößerte sich. Der Mann schlug sofort zu.

Steward brachte sich aus der Fallinie des Knüppels und rollte ab in den Graben.

Der Italiener am Lenkrad des Polizeikombi wollte wieder anfahren. Er würgte den Gang hinein, versuchte um den Lancia herumzukurven und krachte gegen irgend etwas.

Plötzlich waren überall Hände. Sie zogen Amato heraus, schlugen ihn nieder und kümmerten sich dann um den Gefangenen.

„Das ist er!" schrie einer.

„In Handschellen. Um so leichter für uns."

Sie rissen Urban aus dem Fiat, stülpten ihm einen schwarzen Sack über den Kopf, stopften ihn hinten in den engen Lancia hinein.

Einer machte sich an den Reifenventilen des Polizeikombi zu schaffen. Die Luft zischte ins Freie und machte den Wagen fahruntüchtig.

„Und die anderen?" rief jemand.

„Nur den da!" wurde ihm geantwortet.

Der Lastwagen rollte sofort weiter. Der Lancia wendete und fuhr zurück Richtung Diano Marina.

Das Ganze hatte keine drei Minuten gedauert.

Der neben dem Fahrer des Sportwagens wandte sich an den Gefangenen.

„Die Polizei hält dich für Monti-Negro."

„Ich mich auch. – Darf ich fragen, ob es sich um eine Befreiungsaktion handelt?"

Die beiden grinsten.

„So ungefähr."

„Und welcher Ursache verdanke ich sie?"

Jetzt lachten die beiden dreckig.

„Den fünfzehn Millionen Pfund aus der Schottland-Beute, die du noch hast."

„Oder etwa nicht?" fragte der andere.

„Und wer behauptet das?" erkundigte sich Urban.

„Du solltest weniger Fragen stellen", erwiderten sie, „und dir eine mächtig gute Antwort einfallen lassen. Sie fackeln nämlich nicht lange."

„Wir sind gleich da", sagte der Beifahrer.

Da wußte Urban, daß es geklappt hatte. In der letzten Phase hatte ihr Plan endlich funktioniert. Die Bemerkung, daß die Leute, zu denen er gebracht wurde, nicht lange fackelten, beunruhigte ihn nicht weiter. Sie wollten etwas von ihm. Sie wollten das Versteck der anderen Beutehälfte von ihm erfahren. Also würden sie ihn pfleglich behandeln. Zumindest am Anfang.

Zu hoffen war nur, daß Amato und Steward nicht völlig aktionsunfähig waren. In diesem Punkt verließ sich Urban jedoch auf seine Erfahrung. Er hatte es hier mit Profis zu tun. Die legten sich mit der Polizei nicht mehr an als unbedingt nötig war.

Außerdem mußten sie glauben, daß sie es mit zwei durchschnittlichen Beamten und nicht mit zwei Spitzenagenten zu tun hatten.

*

Was Urban blieb, war die Möglichkeit, sich blitzschnell aus den Polizeifesseln zu befreien. Richtig eingesetzt konnte dieses Mittel so überraschend wirken, daß es ihm aus den meisten kritischen Situationen heraushalf. Das war seine Notbremse. Über mehr als das und seinen Verstand verfügte er nicht.

Mittlerweile hatte das Lancia-Coupé die Hauptstraße verlassen und wurde auf Nebenstraßen in die Berge bewegt.

„Kannst ihm die Maske abnehmen", sagte der Fahrer zu dem anderen.

Beide sprachen sie italienisch. Nur der, den der Helfer mit Durras anredete, hatte einen Balkanakzent. Urban glaubte eine bulgarische oder rumänische Klangfärbung herauszuhören.

Der nach Vanillezucker riechende Sack wurde aufgebunden. Wenig später hielt der Sportwagen in karstigem Gelände. Aus grauschimmerndem Gestein wuchs strähniges Gras mit Lavendel durchmischt hervor.

Durras bewegte den tiefliegenden Lancia vorsichtig an der Flanke eines Hügels entlang, wendete ihn weiter oben, und indem er die Kurve ausführte, erfaßten seine Scheinwerfer einen schwarzen Cadillac.

Der riesenhaft wirkende Straßenkreuzer, ein älteres Modell mit viel Chrom und Heckflossen, paßte so wenig in die Landschaft wie ein Gaul in ein Automobilmuseum. Alles hatte Urban hier erwartet, aber keinen Cadillac Calais.

Der andere Italiener, er hatte eine Mönchstonsur im schwarzen Lockenhaar, machte Platz.

„Los, raus!" befahl Durras.

Als Urban auf festen Boden stand, sagte Durras:

„Sie erwarten dich. Bestell ihnen Grüße von uns."

Während sich Urban in Richtung auf den Cadillac in Bewegung setzte, stand der zweite Italiener mit angeschlagener Waffe da und zielte damit in Urbans Kreuz. Nach zwanzig Schritten übernahmen die Cadillac-Leute die Bewachung.

Der Suchscheinwerfer des Amerikaners erfaßte Urban. Hinten öffnete sich eine Tür.

Urban hörte den Lancia wegfahren.

Durras und seine Helfer hatten die grobe Arbeit geleistet, für das Feine waren andere Leute zuständig.

Obwohl der ihn verfolgende Suchscheinwerfer genügend Helligkeit erzeugte, konnte Urban nicht sehen, wer im Fond der Siebenmeterlimousine saß. Außerdem waren die Scheiben mit Goldbronze bedampft.

Urban faßte die offene Tür als Einladung zum Zusteigen auf. Er schob sich hinein, wurde aber sofort angeherrscht.

„Stopp! Keine Bewegung!"

Urban hob die Handschellen.

„Wie denn?"

Aus dem Dunkel des Fonds vernahm er heftige Atemzüge. Es duftete nach gutem, aber reichlich verwendetem Rasierwasser.

Das Punktlicht einer kleinen Lampe blinkte auf und huschte über Urbans Gesicht.

„Bart?" fragte einer mit Fistelstimme, als hake er eine Checkliste ab.

„Echt."

„Haar?"

„Gefärbt", kam als Antwort.

„Augen?"

Diesmal ließ die Antwort auf sich warten, denn Urban schloß wegen des scharfen Lichtstrahls die Lider.

„Trägt zweifellos Haftschalen."

„Starke?"

„Wohl nur zur Tarnung."

„Seiner auffallend hellen Iris wegen vielleicht?"

Der Mann, der stark nach Parfum duftete, atmete noch heftiger.

„Wo bin ich diesem Grinsen schon begegnet?"

Diesmal fragte er nicht Urban, nicht seinen Assistenten, sondern sich selbst.

„Lach nicht so dreckig!" wurde Urban vom Fahrer aufgefordert.

„Er kann nicht anders", sagte der Asthmatiker und dann: „Monsieur Monti-Negro, Sie machen uns etwas vor. Einen Zinnmillionär Negro gibt es nicht. Vermutlich sind Sie Polizeispitzel, ein Agent."

Für Sekunden herrschte Stille.

„Dann nützt er uns auch nichts."

Wieder meldete sich die Fistelstimme.

„Soviel wie ein Stück Vieh, das an Maul- und Klauenseuche krepiert ist, dem Metzger. Kadaver muß man vernichten. Tu's, Skopa!"

Der andere schien umständlich nach einer Waffe zu suchen.

„Beeil dich!"

„Er ist gefesselt. Er entkommt uns nicht."

„Trotzdem. Dieser Bursche ist noch gefährlich, wenn er bandagiert wird wie eine Mumie."

Das war der Augenblick, wo Urban begriff, daß hier nichts zu holen war, und daß alle Mühen letzten Endes zu nichts führten, als zu einer Handvoll zweifelhafter Fakten.

Überraschend schnell befreite er sich von den Handschellen, das heißt, er zog die Rechte aus dem sich öffnenden Schließring. Gleichzeitig wuchtete er die Faust tief hinein in den Cadillacfond und traf etwas wattig Weiches. Es fühlte sich an wie die Partie zwischen Hals und Kinn bei einem ziemlich feisten Menschen.

Der Getroffene gab ein gluckerndes Geräusch von sich. Daraufhin fiel ein Schuß, aber schlecht gezielt.

Einen Pulsschlag später heulte der Cadillacmotor auf So gewaltig, daß der Dreck von den durchdrehenden Rädern spritzte, warf der 200-PS-Achtzylinder seine Bärenkräfte auf die Hinterachse.

Jaulend suchte das schwere Ungetüm das Weite.

Der Staub, den es hinterließ, schmeckte bitter.

*

Eine Stunde später stieß Urban auf den Lancia. Er lag am Fuß einer Böschung, etwa drei Meter neben der Straße, auf dem Dach.

Durras hatte versucht, das Hindernis, das der quergestellte Polizeikombi bildete, zu umfahren.

„Und der Cadillac?“ fragte Urban.

„Was für ein Cadillac?“

Da wußte Urban genug. Der schwarze Cadillac hatte einen anderen Weg genommen.

Urban kletterte die Böschung hinunter, sah aber nur einen Mann liegen. Es war der mit dem Balkanakzent. Er hatte sich aus dem Lancia herausgearbeitet, aber eine Kugel hatte seine Flucht rasch beendet.

„Er feuerte wie ein Wilder um sich", sagte Amato.

„Herzschuß!"

„Ich kann nun mal nicht schlechter."

„Und der andere?"

„Hatte Glück und ist ein schneller Sprinter."

Urban fluchte leise.

„Verdammt, wo bliebt ihr so lange?"

„Bis man auf vier platte Reifen Preßluft gibt, das dauert seine Zeit", wurde ihm geantwortet.

Einen Tag später hatten sie alle Fakten ausgewertet.

Morena Durras, ein Bulgare, der aus nicht näher erforschbaren Gründen vor acht Jahren seine Heimat verlassen hatte, arbeitete längere Zeit für eine Importfirma in Triest, die sich vorwiegend mit illegalen Handelsgeschäften zwischen Ost und West befaßte. Diese Firma existierte seit einem Jahr nicht mehr.

„Sie verschoben Waffen, Medikamente, Alkohol", berichtete Norton Steward, „dann kam ihnen von heute auf morgen der Boß abhanden."

„Wohin und warum?"

„Unbekannt. Er ist einfach nicht mehr da."

„Aber die Organisation arbeitet weiter", steuerte Urban bei. „Den Cadillac fanden wir leider nicht. Obwohl das Modell Calais gewiß ein selten exotischer Vogel auf europäischen Straßen sein dürfte, ergab die Fahndung bis jetzt keine Hinweise."

„Ob diese Leute mit Bär-Löwe-Nachtigall etwas zu tun haben?"

„Das sind Gangster und keine Terroristen", mutmaßte der SIFA-Mann.

Spätestens jetzt überkam die Mitglieder der Kommandoeinheit 33 die Erkenntnis, daß sie das Klassenziel verfehlt hatten. Sie waren nahe dran gewesen, aber den Beweis, daß Durras und seine Hintermänner den Schottland-Coup durchgeführt hatten, konnten sie nicht erbringen.

Da es dem Geheimdienst im wesentlichen um die Zerstörung einer möglichen Terroristenorganisation und nicht um die Wiederbeschaffung von geraubtem Geld gegangen war, beschlossen die Chefs in Rom, London und München, die Kommandoeinheit 33 mit sofortiger Wirkung aufzulösen.

„Gehen wir noch einen trinken", schlug Urban vor.

Das war am Donnerstag.

9.

Mit dem Wochenanfang setzten Ereignisse ein, die zur zweiten Aktivierung der Einheit 33 führen sollten, wenn auch unter anderen Voraussetzungen.

Am Montag sehr früh erreichte den BND-Agenten Robert Urban ein Anruf, der ihm zunächst Rätsel aufgab.

Über das Fernamt wurde er auf das Telefonnetz eines Landes geschaltet, in dem es offenbar noch keine Selbstwahl gab. Trotz Leitungsstörung vernahm er serbische Flüche. Die Leitung führte also Richtung Balkan, nach Jugoslawien. Dann kam eine helle Frauenstimme, blechern, als spreche sie durch eine Kindertrompete.

„Hier Sarajevo! Ist dort München . . .", sie nannte die Nummer.

„Richtig!" bestätigte Urban.

„Ich verbinde jetzt."

Urban wartete. Es knatterte, rauschte und sang, als hätten sie ein schweres Gewitter da unten. Nach einem Piepton plötzlich ein klares American-English.

„Bist du es, Monti?"

Urban hätte die Stimme von Mila Baccari auf Meilen gegen den Wind erkannt.

„Schön von dir zu hören", rief er erfreut.

„Wie kommt es, daß du in München bist?" wollte sie wissen.

„Ich habe Freunde hier", log er.

„Du kamst also durch. Das macht mich froh."

Plötzlich überfiel ihn Besorgnis. Wenn sie ihn auf diesem Weg zu erreichen versuchte, mußte etwas geschehen sein.

„Gibst du ein Konzert in Sarajevo?"

„Nein."

„Was tust du dann in Bosnien?"

„Das ist eine lange Geschichte."

Man trennte sie, aber dann war Mila wieder in der Leitung.

„Wie geht es dir?" fragte er.

Sie zögerte, als habe sie Schwierigkeiten, sich verständlich zu machen.

„Schlecht", sagte sie, „sehr schlecht geht es mir, Darling."

„Mein Gott, was ist geschehen?"

„Monti!" Es klang wie ein erstickter Schrei. „Monti ..."

Dann war der Draht wie von einem Beilhieb durchgehackt.

Zur Beruhigung trank Urban erst einen Fünf-zu-Eins. In der nächsten Stunde hielt er das Fernamt auf Trab, um zu erfahren, woher genau das Gespräch gekommen sei. Man bedauerte, weiter als bis Sarajevo ließe sich das Gespräch nicht verfolgen.

*

Im Hauptquartier zog Urban seinen Kollegen von der Balkan-Sektion ins Vertrauen.

„Ihr hört doch alle Radiosender von Ljubljana bis Sofia ab."

„Und die Fernsehstationen. Natürlich auch die militärischen Funkfrequenzen."

„Und ihr lest sämtliche Zeitungen."

„Soweit sie erhältlich sind."

„Dann seid ihr recht gut im Bilde."

„Nun, von den wichtigen Dingen entgeht uns nichts", bestätigte der Kollege und musterte interessiert Urbans Bartwuchs. „Mal wieder unterwegs auf der Nik-Knatterton-Tour?"

Urban hatte diesmal keinen Sinn für Späße.

„Du weißt zum Beispiel, was in den Kinos in Senica gegeben wird."

Der Kollege bekräftigte es durch Kopfnicken.

„Ich kenne die Fahrpläne der Eisenbahn-, Bus- und Schiffahrtslinien. Ich weiß, was das Pfund Brot, Zucker, Butter und Hammelfleisch in Banja Luka kostet. Ich weiß, wann Kurkonzerte in Split stattfinden, wie hoch der Schnee auf den Pässen liegt, wann die Neretwa unter der Brücke von Mostar Hochwasser führt, wie . . ."

Urban stoppte den Redefluß des Experten.

„Dann kennst du auch die Auftritte internationaler Künstler. Zum Beispiel wann die Geigerin Mila Baccari Konzerte gab und wo."

Der von der Balkansektion grinste.

„Schöne Frau, diese Baccari. Ist das ein offizieller Suchauftrag nach ihr?"

Urban schenkte ihm reinen Wein ein, wenn auch nicht ganz unverfälschten.

„Sagen wir halboffiziell."

„Also mehr privat."

„Ich muß wissen", betonte Urban, „wo sie gestern war, wo sie heute ist, wo sie morgen sein wird."

Der andere verstand. Er brauchte Urban auch wieder einmal.

„Wird erledigt."

Auf seinem Schreibtisch fand Urban in der Akte, die zwecks Abwicklung des Einsatzes der Kommandoeinheit 33 angelegt worden war, eine Nachricht auf gelbem Durchschlagpapier. Sie lag schon eine Woche da, war also eingelaufen, als die Operation noch lief.

Sie lautete kurz und bündig:

- Bitte Somineit BKA Wiesbaden anrufen. -

Urban ließ sich das Bundeskriminalamt geben. Somineit selbst war nicht im Büro, aber sein Stellvertreter. Der suchte erst die Unterlagen heraus und setzte ihn dann ins Bild.

„Es geht um den Geldraub in Schottland, nein nicht genau um den, sondern um den Parallelfall zehn Jahre vorher in Frankreich, dessentwegen Sie uns kontaktierten."

„Gibt es neue Erkenntnisse?"

„In bezug auf die Transportbegleiter, die damals in der Rhône ertranken, nachdem man sie per Genickschuß getötet hatte."

„Was ist mit denen?"

„Laut Aktenergänzung wurden sie in die Ermittlungen einbezogen. Man stellte fest, daß sie möglicherweise zu dem Täterkreis gehörten."

„Abgeklopfte und geröntgte Leute?" wunderte sich Urban. „Wie war das möglich?"

„Die Täter sollen sie auf langfristige Perspektive hin eingeschleust haben. Wäre das nicht auch in Schottland möglich?"

„Warum", fragte Urban, „kommt ihr erst jetzt darauf?"

„Weil sich der Interpolnachtrag nicht in der abgelegten Akte befand, sondern unter einer Extranummer registriert worden war."

„Gibt es noch eine Besonderheit, die Leute aus dem französischen Parallelfall betreffend?"

„Sie sind beide nach dem Krieg in Frankreich hängengeblieben. Verschleppte Polen oder Weißrussen."

„Ist das wirklich alles?"

„Leider."

Urban bedankte sich und beschloß, Scottland Yard über Norton Steward von MI-6 zu verständigen. Vielleicht waren die Transportbegleiter des schottischen Panzerwagens auch langfristig eingeschleuste Mittäter, vielleicht sogar Leute aus dem Osten, die man beseitigt hatte, um Nachforschungen zu unterbinden.

Plötzlich mußte Urban wieder an Bär-Löwe-Nachtigall denken. Wenn nun doch alles mit einer Aktion gegen die Sicherheit der NATO zusammenhing ...

Seine Gedanken erfuhren einen abrupten Schnitt. Die Balkansektion meldete sich.

„Letzter Auftritt der Mila Baccari in der großen Konzerthalle in Belgrad, begleitet von den Staatssymphonikern unter der Stabführung von Theobald Stronovic. Soll ein rauschender Erfolg gewesen sein."

„Wann war das?"

„Vor drei Tagen."

„Und wo ist sie jetzt?"

„Du hörst wieder von uns", wurde Urban vertröstet.

*

Zu Hause fand Urban ein Telegramm vor. Der Text war in Englisch abgefaßt, aber auf dem Transportweg verstümmelt worden. Urban übersetzte und ergänzte ihn.

- Schwierigkeiten - fühle mich verfolgt - hängt das mit uns zusammen - rufe dich an, sobald ich nur kann - Liebe - Mila.

Das Telegramm war in Nicsic aufgegeben worden, einem Ort, den Urban nicht einmal vom Hörensagen kannte, irgendwo im Galija-Distrikt.

Teufel, was tut sie dort, überlegte er.

Die Sorge um Mila begann zu nagen wie eine in seinem Magen eingesperrte Ratte. Das trieb ihn zu Aktivität.

Von der Balkansektion ließ er sich alles über dieses Nicsic heraussuchen. Es lag in den Bergen, achtzig Kilometer östlich von Dubrovnik, der Adriaküste also, schon nahe an der Grenze zu Albanien.

„Das begreife verdammt wer will", fluchte er, „ihr nächster Auftritt sollte in Budapest sein."

„Vielleicht legt sie noch Skopie ein, des Erfolges wegen, oder sogar Tirana."

„Gerade Tirana", erwiderte Urban, „im Land der Skipetaren. Wie soll Albanien die zehntausend Dollar aufbringen, die sie kostet, noch ehe sie die Geige aus dem Kasten nimmt."

„Vielleicht gibt es Liebhaber dort."

„Aber keine vermögenden."

„Gewiß aber mächtige."

„Diktatoren, Generäle", tat Urban den Einwand ab.

„Ich bin weiter sehr rührig für dich", versprach der Kollege. „Was den Ort Nicsic betrifft, so ist das ein eher lausiges Nest. Ich habe dort nur ein Hotel verzeichnet. Dritter Klasse."

Urban bekam den Namen und rief sofort in Nicsic an.

Man versicherte ihm glaubhaft, daß eine Ausländerin, eine Amerikanerin namens Mila Baccari bestimmt nicht im Hotel gewohnt habe. Doch als er sie beschrieb, erklärte man, daß diese Dame für wenige Stunden hier abgestiegen sei.

„War sie allein?"

„Nein, in Begleitung von zwei Herren."

„Kam sie mit dem Zug?"

„Nein, in einem großen amerikanischen Automobil."

„War es schwarz?"

„Ja, ein Cadillac."

„Wie sahen die Männer aus?"

Man beschrieb sie wie wohlhabende Männer um die Vierzig. Sie seien dunkelhaarig gewesen, einer dick, einer schlank, hätten elegante Anzüge getragen und sich unauffällig verhalten.

„Wohin fuhr die Gesellschaft weiter?"

„Sie tankten auf, zu unserem Hotel gehört eine Tankstelle, und fragten, wie die Straße nach Spuz beschaffen sei. Beim letzten Unwetter gab es da einige Verschüttungen."

„Spuz liegt an der Grenze?"

„Nach Albanien", bestätigte man ihm.

Urban stellte alle Fragen, die ihm einfielen, aber mehr war nicht zu erfahren.

Nach diesem Gespräch war seine Sorge um Mila größer als je zuvor.

Spätabends rief die Balkansektion aus dem Hauptquartier an.

„Hör zu", sagte der Kollege, „im Nachrichtenmagazin ‚Nin', das dort unten als sehr kompetentes Presseorgan gilt, die letzte Nummer ist gestern erschienen, finde ich folgende Notiz: Die amerikanische Geigerin Miß Milanda Jackson wurde nach ihrem sensationellen Erfolg in Belgrad zu einem Gastspiel in Tirana bewogen. Wie es heißt, reiste sie auf

Einladung der Regierung dorthin. Die Künstlerin, die nach ihrem Auftritt in Belgrad unserem Reporter ein Interview zusagte, hielt diesen Termin nicht ein und ist seitdem auch nicht mehr gesehen worden."

„Klingt verteufelt merkwürdig", kommentierte Urban, „wenn man die verhaltene Ausdrucksweise jugoslawischer Journalisten zugrunde legt."

„Ist Miß Jackson die Frau, die du suchst?" erkundigte sich der Kollege unnötigerweise.

„Baccari ist ihr Künstlername."

„Warum nannten sie dann den echten Namen?"

„Der dürfte auf ihrem Paß stehen."

„Woher wissen die Nin-Leute, was auf ihrem Paß steht?"

„Frag mich was Leichteres", bat Urban.

Danach brauchte er dringend etwas Alkoholisches.

*

Den eigenen Akten entnahm Urban Name und Adresse eines Jugoslawen, der aus dem Kosovo-Gebiet kam und dort so stark in die separatistische Bewegung verwickelt gewesen war, daß er bei Nacht und Nebel nach Griechenland hatte fliehen müssen. Seit mehreren Monaten saß er nun in Bayern und hielt sich dort vor dem Zugriff kroatischer Killerkommandos versteckt. Aber er unterhielt noch heiße Drähte in seine Heimat.

Urban fand ihn in einer ausgebauten Jagdhütte im Wald oberhalb des Staffelsees hausend.

Sie kannten sich gut. Es war nicht so, daß Mitrovic in seiner Schuld stand. Urban hatte ihn lediglich einige Male gewarnt, wenn es den Anschein gehabt hatte, daß Belgrader Geheimdienstleute seine Spur aufgenommen hatten. Urban brachte Slibowitz mit, Zigaretten und Schinken von der Insel Pag. Sie saßen an dem rohen Tisch vor der Hütte. Bevor Urban zur Sache kam, schrillte drinnen das Telefon.

Mitrovic eilte hinein, fertigte den Anrufer rasch ab und kam wieder mit Wein, Brot und Käse.

„Du hast sogar einen Telefonanschluß", stellte Urban fest.

„Hat mir euer Verfassungsschutz eingerichtet."

„Dann mußt du wichtig für sie sein."

„Noch wichtiger für die Illegalen in diesem Lande."

Urban setzte ihn rasch, aber ausführlich ins Bild. Obwohl das zerfurchte Gesicht des ehemaligen Bergarbeiters keine Regung zeigte, hatte Urban den Eindruck, daß das, was er erzählte, nicht neu war für Mitrovic.

Der Experte telefonierte wieder und noch einmal. Dann ließ er sich schwer auf die Jägerbank fallen.

„Es stimmt", sagte er. „Stimmt alles. Der General ist ein großer Liebhaber."

„Zogian, der Staatschef in Tirana?"

„Spiro Zogian", bestätigte der Emigrant.

„Dieser Massenmörder soll Kunstverstand haben?"

Der Emigrant winkte ab, als habe man ihn falsch verstanden.

„Wer spricht von Kunstverstand, er liebt schöne Frauen, ganz besonders Ausländerinnen, vorzugsweise solche aus dem Westen, aus Übersee. Man kann ihm große Erfolge bei Schwedinnen und Amerikanerinnen nicht absprechen."

„Er soll hinfällig und häßlich sein."

Mitrovic ballte die Faust und hob sie mit abgewinkeltem Arm.

„Aber so ein Stier."

Urban wußte genug über diesen blutrünstigen Diktator, den sie auch „Nero der Skipetaren" nannten. Er glaubte aber auch, Mila zu kennen. Eine Frau, die verliebt war, die bekam auch ein Lüstling wie Spiro Zogian nicht ohne weiteres.

Der Mann aus Kosovo trank so zügig, als gelte es etwas zu verbergen.

„Du weißt mehr", drang Urban in ihn.

„Ich telefoniere viel."

„Sag es mir rücksichtslos."

Der andere hob eine Braue.

„Diese Frau bedeutet dir offenbar etwas."

„Verschon mich trotzdem nicht. Je schneller ich alles weiß, desto rascher kann ich handeln."

„Falls es nicht zu spät ist."

Urban packte Mitrovics Handgelenk und drückte zu.

„Raus mit der Sprache!"

Der Emigrant sprach stockend weiter.

„Sie soll in Tirana gespielt haben, hörte ich. Unfreiwillig, wie es heißt. Danach war sie Gast im Palast . . . dann in seiner Villa . . . und dann . . ."

„Was dann? Bring mich nicht um den Verstand, Mann!"

„Da soll es einen Unfall gegeben haben."

Urban ließ den Emigranten los.

„Ist sie verletzt?"

„Der General wandte wohl Gewalt an. Er ist bekannt dafür. Manche Weiber mögen das, andere . . ."

„Gehen dabei vor die Hunde", murmelte Urban. „Ist sie . . ."

„Das weiß ich nicht. Man konnte es mir nicht bestätigen. Das Gegenteil leider auch nicht. Bedaure, Dynamic."

Urban bezweifelte, daß dieser Mann soviel wußte, ohne bereits nachgeforscht zu haben. Gewiß war er von der Balkansektion angesetzt worden. Der Kollege wollte aber, daß Urban es aus erster Quelle erfuhr.

Urban ließ sich einen Slibowitz in den heißen Kaffee schütten. Dann, als er ging, war er zu allem entschlossen.

„Du wirst wissen, was du riskieren kannst", warnte ihn der Emigrant, als könne er Gedanken lesen.

„Ich werde ihn umlegen", erklärte Urban so kalt, als ginge schon der Tod durch das Haus.

Auf der Rückfahrt durchdachte er jeden Schritt, fürchtete jedoch, daß er es allein nicht schaffte. Er brauchte Hilfe.

Das Ziel war, Mila aus diesem bestabgeschotteten Land Europas herauszuholen, tot oder lebend. Und es General Zogian am eigenen Leibe spüren zu lassen, daß er zwar sechzig Jahre seines Lebens hatte tun und lassen können was er wollte, daß es aber eine Grenze gab, eine Mauer, auch wenn diese nur aus einem einzigen Mann bestand, aus ihm, Robert Urban.

Wenn andere aus Haß erglühten, so erfror Urban darin. Aber die Rache würde ihn wärmen. Die Rache ist mein, sprach der Herr in der Bibel. Diesmal gehörte sie Urban. Diese Rache war sein.

In dieser Nacht wurde die Kommandoeinheit 33 neu aktiviert.

*

Im Stralman-Labor, der auch für moderne Waffen zuständigen Abteilung des BND, ließ sich Urban mit dem Nötigen ausstatten.

Sein Chef, Oberst Sebastian, traf ihn am Schießstand, wo er eine so stark miniaturisierte Maschinenpistole testete, daß gegen sie die als winzig geltende tschechische Skorpion noch eine Kanone genannt werden mußte.

„Können Sie denn damit umgehen?“ fragte der Operationschef spöttisch.

„Von fünf Fünferserien zwanzig Treffer ins Schwarze. Aber ich verbessere mich.“

„Dachte, Sie schießen ungern.“

„Ja auf Mensch und Tier.“

„Warum üben Sie dann?“

„Diesmal“, bemerkte Urban tonlos, „könnte es anders kommen.“

Der Alte ging erregt auf und ab, nahm einen Ladestreifen, legte ihn wieder hin.

„Was haben Sie vor?“

Ohne auf seine Hände zu sehen, zerlegte Urban die Waffe und setzte sie wieder zusammen. Er beherrschte es schon im Schlaf.

„Sie wissen es längst“, sagte er, „Ihnen entgeht doch nichts.“

„Und ich verbiete es Ihnen!“ Der Alte wirkte echt besorgt. „Ich lege mein Veto ein.“

„Eine private Sache“, tat Urban den Einspruch ab.

„Dieser Mann“, Sebastian sprach den Namen nicht aus, offiziell schien er nichts davon zu wissen, „dieser General hat im Leben noch nie sein Land verlassen. Ständig ist er von einer kompaniestarken Leibwache todesmutiger Skipetaren, die schon Karl May als sehr tapfer beschrieb, umgeben.“

Urban lächelte nur über soviel Eifer.

„Bis heute habe ich meine volle Kraft, meine Ideen für andere verschwendet. Diesmal setze ich sie für die Lösung meiner eigenen Probleme ein. Ist das verboten?“

„Und nützen dabei Ihr Wissen als BND-Agent aus“, ergänzte der Alte vorwurfsvoll.

„Einmal wird es doch erlaubt sein, oder?“

„Ich warne Sie. Wenn es schiefgeht, können wir nichts für Sie tun. Wir werden uns einen Dreck um Sie scheren."

„Das ist zu erwarten."

Betroffen von soviel Sarkasmus versuchte Sebastian nicht weiter Urban von seinem Vorhaben abzubringen. Jedes Wort würde gegen die Wand gesprochen sein.

Schulterzuckend ging er. An der Stahltür der Schießanlage blieb er noch einmal stehen.

„Ist es denn so wichtig?"

„Für mich ja", antwortete Urban. „Es gibt nichts Wichtigeres."

„Haben Sie denn schon ein Konzept?"

„Allerdings", erwiderte Urban.

„Dann wünsche ich Ihnen Glück."

„Danke."

„Aber ich weiß von nichts."

„Danke." Urban nahm wieder die Waffe. Sie war leicht. Er visierte mit gestrecktem Arm und betätigte den Sensorknopf. Die Serie peitschte hinaus, beinah rückstoßfrei. Die wenigen Kugeln zerfetzten den Pappkameraden in fünfzig Metern Entfernung bis zur Unkenntlichkeit.

Urban stellte sich vor, es sei General Zogian.

Und immerzu dachte er an Mila.

10.

Nachdem er sich auf einsamen Pfaden über die schwarzen Berge nach Albanien geschlichen hatte, ohne den schießwütigen Grenzposten vor die Karabiner zu laufen, hielt er einen Lastwagen an. Mit ihm erreichte er gegen Abend die Hauptstadt.

Dort kannte er sich gut aus und fand bei der Witwe eines ehemaligen Regimentskameraden Unterschlupf.

Er brachte ihr, was im streng isolierten Albanien äußerst begehrt war, ein paar goldene Mariatheresientaler. Für einen davon konnte man im Lande der Skipetaren ein halbes Jahr leben. Sogar in Saus und Braus.

Die Witwe hieß Nike und war Ende Vierzig, eine durchwachsene, hübsche Person. Er mochte sie und sie mochte ihn, aber er hatte keine Zeit für sie.

„An was du denkst", sagte er, „das kommt später."

Sie gab sich mit der Andeutung zufrieden.

Als die Hitze nachließ, ging sie zur Kaserne der Leibwache, um den Kontakt herzustellen, um den er sie gebeten hatte.

Im Dunkel der Nacht traf der Illegale einen gewissen Skula, Hauptmann der Palastwache.

„Ich muß den Adjutanten sprechen", sagte der Illegale, „wegen eines Termins."

„Der Adjutant war mal Adjutant. Sie haben ihn gerade degradiert und in die Festung geworfen. Wegen Beteiligung an einer Revolte."

Der Illegale fluchte leise.

„Schlimm", sagte er, „diesmal wollte ich nicht nur den Oberst sprechen, sondern ihn."

Der Hauptmann der Wache zog noch einmal an seiner Zigarette, ehe er sie wegwarf.

„Den General?"

„Es ist wichtig."

„Wie wichtig?"

Der Illegale machte Andeutungen.

„Vielleicht hat es damit zu tun, weshalb man den Adjutanten einsperrte."

Der Hauptmann schien nachzudenken.

„Du warst uns immer nützlich", sagte er, „zumindest nützlicher als damals, als du noch in der Armee dientest."

Kein Illegaler in diesem Land konnte es wagen, den General persönlich sprechen zu wollen. Aber wenn einer den Mut hatte, es zu verlangen, dann durfte er ihm nicht irgendein Märchen auftischen. Sein Kopf hätte verdammt locker gesessen.

„Ich will es versuchen", sagte Hauptmann Skula.

„Hast du jetzt, wo der Adjutant weg ist, noch einen Draht?"

„Einen besseren", deutete der Hauptmann an, „ich gehöre zu Zogians persönlichem Stab. Du hörst von mir."

„Wann?" fragte der Illegale. „Es eilt. Die Zeit drängt."

„Geh wieder zu Nike und warte dort auf mich."

„Du weißt wo ich mich verstecke?" fragte der Illegale.

„Wir wissen alles", erwiderte der Hauptmann. „Warum, glaubst du, hat die Maschinengewehrstellung oben am Paß nicht geschossen? Sie hatte Befehl, nicht zu schießen."

Entweder, dachte der Illegale, übertreibt er maßlos, oder sie besitzen jetzt die perfekteste Überwachung, die man sich denken kann. Dann gibt es auch einen Grund dafür und vielleicht hängt es damit zusammen, daß der Hauptmann bereit ist, eine Audienz beim General herbeizuführen.

*

Spät in der Nacht, kühler Wind aus den Bergen, den sie hier Tramontana nannten, hatte die Hitzeglocke über der Stadt aufgerissen, kam eine Limousine in die Gasse hinter dem Markt gefahren. Kaum hatte der Wagen angehalten, öffnete der Illegale das Fenster im Obergeschoß.

„Skula, bist du es?"

Der Hauptmann steckte sich eine Zigarette an. Die Streichholzflamme erhellte sein Gesicht.

„Er wartet", sagte der Hauptmann leise.

Sie fuhren durch die Stadt, die in den Stunden zwischen Mitternacht und Morgen den Eindruck einer toten Stadt machte. Nur Katzen und Hunde waren unterwegs und ab und zu eine Militärpatrouille.

„Habt ihr Alarm?" fragte der Illegale.

„Nur erhöhte Bereitschaft."

„Sieht nach Ausgangssperre aus."

Sie hatten nur drei Kilometer bis zum alten Königspalast.

Auf Parole hin durfte der Ford alle Tore bis zum Innenhof passieren. In Begleitung des Leutnants der Wache ging es über Hintertreppen durch Gänge und Vorzimmer bis vor eine hohe Flügeltür. Vor ihr zwei Posten mit Maschinenpistolen.

Eine Minute später stand der Illegale in einem düsteren Barocksaal. Die einzige Lichtquelle befand sich auf dem mächtigen Schreibtisch in der linken hinteren Ecke.

Die Lampe war auf eine Weise abgeschirmt, daß man nur die behaarten Hufschmiedhände des Generals sah. Sie spielten mit einem billigen Sturmfeuerzeug aus Blech.

„Sie wagen sich nach Tirana zurück, Major?" fragte der General erstaunt.

„Es ist nicht das erste Mal, Exzellenz."

„Das weiß ich."

„Ich hoffte, diesem Land nützlich zu sein."

Der General lachte kehlig.

„Und Ihrer eigenen Sache, Major."

„Ich hätte das Land von mir aus nie verlassen, Exzellenz."

„Man hat Sie aus der Armee gefeuert, weil Sie zu geschäftstüchtig waren und es fertigbrachten, im Norden ein Vermögen anzuhäufen."

„Wenn es durch Verrat geschehen wäre", erwiderte der Major dem General, „oder durch Diebstahl, dann hätten Sie mich wohl gehängt."

„Ich verzichtete darauf, weil Sie uns nützlich sein konnten", erklärte der General. „Ich weiß von Ihren Kontakten zu Oberst Zimbral. Zimbral ist verhindert. Was gibt es Wichtiges? Fassen Sie sich bitte kurz!"

Der Major packte alles in einen Satz:

„Die Republik ist in Gefahr", berichtete er.

„Durch wen? - Tito ist tot."

„Die Gefahr droht aus dem Osten, Exzellenz."

Auch dies schien für den Armee- und Staatschef nichts Neues zu sein.

„Gefahr drohte schon immer, schon seit zwanzig Jahren, als wir das Comecon verließen und die Russen rauswarfen."

„Jetzt kommen sie vielleicht zurück", deutete der Major an.

Der General wurde nachdenklich. Möglicherweise deckte sich das mit seinen eigenen Erkenntnissen. Er hob die Hände.

„Ja, es gibt einige Generalstäbe, die ihre Strategie nur dann auf sicheren Füßen sehen, wenn sie direkten Zugang zur Adria haben, den ihnen bisher Jugoslawien, Griechenland aber auch wir verweigerten."

„Was man haben will und nicht freiwillig kriegt, holt man sich mit Gewalt", sagte der Major.

„Woher haben Sie Ihr Wissen?"

„Ich kenne gute Leute bei westlichen Geheimdiensten, Exzellenz."

Der General spielte weiter mit dem alten Partisanenfeuerzeug. Einmal ließ er es aufschnappen, rieb am Zündrad, aber der Docht brannte nicht. Es stank nur nach Benzin. Zogian klappte es wieder zu.

„Welches Interesse hätten diese Leute daran, uns zu unterrichten?"

„Das hat man mir nicht erzählt", erwiderte der Major, „soviel Vertrauen hatte man offenbar nicht. Aber es liegt auf der Hand. Auch die NATO möchte sowjetische Basen an der Adria verhindern."

„Und man bezahlte Sie gut, Major."

Der Major bluffte jetzt mit der Wahrheit.

„Ich bekomme zehntausend Dollar dafür, wenn ich das Gespräch herbeiführe."

„Was für ein Gespräch?"

„Zwischen einem Mann des Westens und Ihnen, Exzellenz."

Der General legte das Feuerzeug hin und die flache Hand darauf.

„Warum schickt er Sie, warum kommt er nicht selbst?"

„Er wag es nicht."

„Und wenn wir ihm freies Geleit garantierten?"

„Er ist sehr vorsichtig."

„Ich auch", bemerkte Zogian, „ich habe Tirana seit Jahren nicht verlassen und ich weiß auch warum."

„Und er weiß, warum er nicht nach Tirana kommt, Exzellenz."

Der General war neugierig von Natur. Seine Neugier suchte stets nach Befriedigung.

„Wo will er mich treffen?"

„Auf einer Privatyacht vor der Küste."

„Abgelehnt", schnarrte Spiro Zogian.

„Dann irgendwo an der Grenze."

„Wer solche Bedingungen stellt, muß heiße Informationen besitzen", murmelte der General. „Und dafür möchte ich Beweise."

Der Major, ein Nachrichtenmakler, wie man ihn nennen konnte, holte aus dem Innenfutter seiner Lederjacke einen Umschlag. Diesem wiederum entnahm er einen zweimal gefalteten weißen Bogen. Ohne ihn zu öffnen, reichte er ihn dem General.

Dessen Hände, sie hätten auch gut zu einem Holzfäller gepaßt, gingen mit dem Papier erstaunlich geübt um, als hätten sie immer nur in Akten gewühlt. Die Hände führten den Zettel ans Licht.

„Was ist das?" fragte der General verblüfft.

„Man sagte mir, Sie würden es erkennen, Exzellenz."

„Ich fragte, was das darstellen soll."

Der Major half ihm.

„Einen Bären, Exzellenz, einen Löwen und eine Nachtigall."

„Und die Bedeutung dieses Unsinns?"

Zogians Stimme war lauernd, als wolle er den Major auf Herz und Nieren prüfen.

„Das erklärte man mir nicht. - Man nimmt wohl an, daß Sie es entschlüsseln können, General."

Die Finger Zogians massierten das Papier, daß es raschelte. Eine ganze Weile sagte er nichts. Dann stieß er hervor:

„Ja, ich glaube, ich kenne die Bedeutung dieser Symbole."

Rasch legte er das Papier in eine Aktenmappe aus schwarzem Leder und steckte sich eine ungewöhnlich lange zerknitterte Zigarette an, aus deren Enden schwarzer Tabak franste.

„Was darf ich meinen Auftraggebern bestellen?" fragte der Major nach angemessener Zeit.

„Ich komme", entschied sich Spiro Zogian. „Ort und Stunde nach meiner Wahl. Jedenfalls innerhalb unserer Grenzen, und es wird Nacht sein. Ich erscheine mit bewaffneter Leibgarde. Die andere Seite möge sich danach richten, für den Fall, daß sie Unkeusches im Sinne führt. Außerdem ist es mir ein leichtes. hinter Ihnen die Grenze dichtzumachen. Übermitteln Sie das, Major!"

„Jeder Ort, auf dem ein kleines Flugzeug landen kann, wird meinen Auftraggebern recht sein, Exzellenz. Wann erhalte ich Details?"

„Wir brauchen vierundzwanzig Stunden für die Vorbereitungen. Rufen Sie morgen um diese Zeit an, von wo aus auch immer."

„Wird man mich verbinden?" fragte der Illegale.

„Kennwort Bär-Löwe-Nachtigall", sagte der General.

Ohne daß der Illegale mehr als Zogians Hände gesehen hätte, verließ er das Arbeitszimmer, dann den Palast und noch während der Dunkelheit die Hauptstadt.

11.

Sie starteten um 20 Uhr von einem Sportflugplatz in Bari. Bob Urban hatte über seine Verbindungen zur Flugzeugindustrie bei Dornier in Oberpfaffenhofen eine ziemlich neue Do-27 ergattert.

Die Kabine des wegen seiner Zuverlässigkeit berühmten Kurzstarters war die der sechssitzigen Zivilausführung mit dem 270-PS-Lycoming-Motor. Ein Zusatztank erhöhte ihre Reichweite auf 1100 Kilometer.

Unter ihnen lag die Adria. Das Licht der Abendsonne ließ sie orangesilbern leuchten. Der Italiener Emile Amato betätigte sich als Urbans Copilot und Navigator.

„Ich komme auf dreihundertvierzig Kilometer hinwärts", rechnete der SIFA-Mann.

„Dann sind es auch dreihundertvierzig zurück", meinte der blonde Norton Steward. „Ich weiß zwar nicht, was Angst ist, aber wenn wir schon wieder im Anflug auf Bari wären, mit Aussicht auf ein siebengängiges italienisches Abendessen, dann wäre mir wohler."

„Ich lade euch ein", versprach Urban.

„Was ja wohl das mindeste ist. Wer riskiert schon den Kopf für nichts."

Urban ging auf 1500 Meter Höhe. Der über der Kabine verlaufende Tragflügel des Hochdeckers verhinderte, daß die Sonne von hinten hereinblendete.

Der Italiener überprüfte die Instrumentierung.

„Die Blindflugausrüstung würde ich eher für mittelprächtig halten."

„Wir kriegen eine helle Mondnacht", schätzte Urban, „die alten Postflieger brauchten auch nur Höhenmesser und Kompaß."

„Moses hatte nicht mal ein Pferd", sagte Norton, „aber sind wir Moses?"

Urban erläuterte noch einmal seinen Plan.

„Landung in etwa neunzig Minuten in Kopliku. Das liegt nahe dem Ufer des Skadarsko Jezero, einem See, durch den die Grenze verläuft. Kopliku ist ein ehemals britischer Militärflugplatz. Viel ist nicht mehr davon übrig. Eine Baracke, eine Straße die hinführt, die Landebahn ein Grasplatz voller Kaninchenlöcher."

„Satellitenfoto?" fragte Norton.

„Info meiner Balkan-Sektion." Urban fuhr fort: „Nach dem Ausrollen verlasse ich als einziger die Maschine. Ich gehe zur Baracke hinüber und werde ihn dort treffen."

„Man wird nicht annehmen, daß du allein kommst.“
„Es ist schon dunkel.“
„Aber man wird das Flugzeug an die Kette legen.“
„Wenn auch nur einer seiner Soldaten sich der Maschine nähert, erkläre ich, kein Wort meiner Information an ihn weiterzugeben.“
„Irgendwie legt er dich aufs Kreuz.“
„Und ich ihn.“
„Du hast keine Chance“, sagte der Italiener. „So ein Privatkrieg eins zu fünfzig, das ist purer Unsinn.“
„Sollte ich“, machte Urban weiter, „eine Stunde nachdem ich euch verließ nicht zurück sein, startet ihr.“
„Das wär's dann gewesen.“
„Egal wie es endet“, äußerte Urban fest entschlossen, „wenn ich draufgehe, geht auch er drauf. Ich kann nicht mein ganzes Leben lang mit einer Hölle im Bauch herumlaufen.“
„Wie oft“, fragte Norton, „warst du schon dermaßen wütend?“
„Es ist das erste Mal“, gestand Urban, „in einer privaten Sache. Ich wußte nicht, daß es so schlimm sein kann. Es verbrennt dich, es macht dich kaputt.“
„Nach diesem Einsatz“, meinte der Italiener, „bist du für deinen Job wegen mangelnder Selbstbeherrschung absolut untauglich.“
„Und wenn schon.“
„Oder“, fragte der Engländer, „führt dich etwas hierher, das du uns verschweigst?“
„Nicht, daß ich wüßte“, wich Urban aus.
„Ohne daß du dir rational darüber klar bist, meine ich, eine Art unterschwelliger Düsenantrieb.“
Urban wechselte das Thema.
„Du kannst den Vogel fliegen“, wandte er sich an den Italiener.

„Nichts leichter als das. Diese wundersame Krähe schwirrt doch von allein."

Urban übergab ihnen einen verschlossenen Umschlag. Dieser enthielt Anweisungen wie er, wenn es schiefgehen sollte, sein Versagen und sein Ende dargestellt haben wollte und was mit dem, was er besaß, zu geschehen hatte.

„Noch kannst du umkehren", ließ sich Norton Steward vernehmen.

„Bist du nur mitgekommen, weil du dachtest, ich würde mittendrin abbrechen?"

„Ich wollte wissen", gestand der Engländer, „ob es bei einem Mann wie dir so weit aushaken kann, daß er freiwillig vor die Hunde geht. Eine Erfahrung, die mir eines Tages vielleicht zugute kommt."

„Du hast sie bereits gesammelt", fürchtete Urban.

Sie flogen der Nacht entgegen. Es gab Kaffee aus der Thermosflasche. Sie rauchten, jeder seine eigene Zigarettensorte.

Urban peilte zwei der starken Adriasender. Im Nordosten war es Titograd und südlich Patras. Der Kreuzpunkt der auf die Karte übertragenen Standlinien ergab ihre Position. Er stimmte ziemlich genau mit der Koppelnavigation überein.

„Kein Wind", stellte der Italiener fest.

„Ich habe da noch etwas", meldete sich Steward von hinten. „Zwar wurde es nicht bestätigt, aber es paßt ins Mosaik."

„Und wenn es nicht paßt, dann wird es mit dem Beil zurechtgestutzt", höhnte Amato.

„Und wenn es gar nicht passen will", ergänzte Urban, „dann ist es zumindest gut erfunden."

„Hört erst mal zu! Der Yard verfolgte das Vorleben der Transportbegleiter des in Schottland geknackten Panzerwagens."

„Dachte, das hätte er schon längst."

„Man bohrte aufgrund gewisser Informationen tiefer und nun ... haltet euch bitte fest! Die zwei Burschen, der Fahrer und der Begleiter, sind nicht Iren aus Belfast, wie man zunächst annahm, sondern Iren aus Belfast, die nach dem Krieg aus Litauen einwanderten. Über Belfast löschten sie ihre Herkunftsspuren. Aber jetzt kommt das Größte: Man nimmt weiter an, daß sie schon vor zehn Jahren auf Wartestellung für den großen Coup geschoben wurden."

„Perspektiv-Gangster", nannte es der Italiener. „Maulwürfe, die sich in günstige Ausgangspositionen hocharbeiten und auf den Tag des Einsatzes warten."

„Genau wie in Frankreich", ergänzte Urban. „Und wer steckt dahinter?"

„Eine Bande aus dem Osten."

„Dachte, im Osten gibt es kein Verbrechen."

„Nur das staatlich geförderte", erklärte der Engländer voll Zynismus.

Urban mußte ihm beipflichten.

„Sie haben im Osten sogar etwas Ähnliches wie eine Mafia, vom Staat geduldet, soweit sie ihm nützt."

„Was nun die in Schottland tätige Organisation betrifft", fuhr Norton fort, „so scheint man in Moskau ihre Aktivitäten nicht sonderlich zu schätzen. Man behauptet, sie sei deshalb kräftig kastriert worden."

„Im Sinne von was?"

„Von Enthauptet."

„Köpfe wachsen nach."

„Nicht dieser Kopf", erwiderte Norton. „Er soll wegen einer anderen Sache, in der er dem Staat mehr schadete als nützte, gefaßt und nach Sibirien verfrachtet worden sein."

„Dort lebt er in Freuden bis an das Ende seiner Tage."

„Man brachte ihn um, heißt es, bei einem Fluchtversuch."

„Und der Schottlandraub lief ohne ihn?"

„Wie das bei lange und gut vorbereiteten Coups in perfekt gegliederten Organisationen üblich ist."

„Wie heißt der Mann?" erkundigte sich Urban.

„Er hat viele Namen", bedauerte der Engländer, „aber seine Ausbildung dürfte er in Chicago bekommen haben."

„Oder in Sizilien", steuerte Amato bei. „Ich meine unsere Cosa nostra ist auch nicht von Pappe, oder?"

Urban versuchte eine Querverbindung herzustellen.

„Ob sie das im Westen erbeutete Geld zur Finanzierung von terroristischen Aktivitäten einsetzen?"

„Du denkst an Bär-Löwe-Nachtigall."

„Was Bündnispartner schwächt, schwächt auch die NATO."

Sie sprachen darüber, bis am Horizont Schiffe auftauchten, kleine Küstenfahrzeuge, hauptsächlich Fischkutter. Dann mit einem Mal wirkte der Horizont wie mit einem Konturenstift umrandet. Sie näherten sich der Küste.

„Tiefflug unter dem Radar durch?" fragte der Italiener.

„Die Skipetaren", meinte Norton in britischer Überheblichkeit, „dürften wohl kaum wissen, wie man Radar buchstabiert."

*

Von der albanischen Küste ab folgten sie dem Lauf der Drin, bis sie die Lichter von Skarad ausmachten, dann flogen sie an der Grenze entlang, bis die Fläche des Sees auftauchte.

Vor der stiefelähnlichen Bucht, die er nach Jugoslawien hin bildete, ging Urban auf Ostkurs.

Es war jetzt völlig dunkel. Der Mond war noch nicht herausgekommen. Als sie über dem alten Feldflugplatz der Briten standen, kurvte Urban eine Runde.

Pünktlich um 22 Uhr flammten drunten Fackeln an.

„Sie erwarten uns", rief der Italiener staunend. „Hätte ich nicht gedacht."

„Ihr wißt, was ihr zu tun habt." Urban tastete sich mit Gas und gefahrenen Klappen tiefer an den Aufsetzpunkt heran.

„Wenn es schiefgeht", unkte der Engländer, „ist die Kommandoeinheit dreiunddreißig endgültig aufgelöst."

„Es wird schiefgehen", murmelte der SIFA-Mann.

„Danke", rief Urban hereinslippend, weil er zu hoch angekommen war, „danke dir, Emile. Nichts bringt mehr Pech als die Behauptung, man würde siegen."

Urban kam hart und einbeinig auf. Der maulwurfhügelige Grasplatz schüttelte sie mächtig durch, aber das Fahrwerk der Do-27/Q-1 konnte eine Menge ab.

Sie rollten mit Gas auf ein Lagerfeuer zu, hinter dem sich die Konturen verfallener Baracken abzeichneten.

Mit etwa achtzig Meter Abstand zum Lagerfeuer blieb Urban stehen. Im Schein der Flammen sahen sie Gestalten, die sich aufrichteten.

Urban gab noch einmal Gas, trat mit dem Seitenruder die Radbremse links und stellte die Maschine wieder in Startposition. Endlich nahm er die Zündung heraus. Mit nachschwingendem Propeller kam der Motor zum Stehen.

„Er springt brav an", informierte er den Italiener, „ob warm oder kalt. Nach einer Stunde ist er gerade noch mittelwarm. Das mag er am liebsten. Du kannst also volle Pulle reinschieben. Nach dreißig Metern hebt die Mühle schon den Schwanz. Nach achtzig kannst du sie dann hochreißen."

„Wir überlassen dir das", flößte ihm der Italiener Zuversicht ein.

„Verlaßt euch nicht darauf", entgegnete Urban.

Zwei Soldaten kamen herüber. Urban öffnete die Cockpittür, sprang heraus und rief:

„Einen Schritt weiter und ihr habt mich los!"

Er stützte beide Hände in die Hüften seines Kampfanzuges. Links steckte das Messer, rechts die kleinste aller Maschinenpistolen.

12.

Das Äußere des Generals machte seinem Ruf alle Ehre. Er sah aus wie Rasputin, nur ohne Haare. Sie wucherten ihm auf dem Handrücken, aber nördlich der Brauen hatten sie jedes Wachstum eingestellt.

Er hatte ein Hammerkinn und Knopfaugen. Trotz ihrer Kleinheit glaubte man, von Radarschirmen abgetastet zu werden.

Seine Uniform saß prall auf den Muskelbergen und wirkte wie von innen aufgepumpt.

„Sie sind bewaffnet?" fragte er in überraschend sanftem Ton.

„Natürlich", sagte Urban.

„Ich nicht", erwiderte Zogian und winkte seinen Leibwächtern.

„Durchsuchen!"

„Stopp!" rief Urban auf die Maschinenpistolen der zwei Gardesergeanten deutend, „und was ist das?"

Der General gab seinen Männern einen Wink. Sie verließen die Baracke. Mit Hilfe eines unförmigen blechernen Sturmfeuerzeugs steckte sich der General eine Zigarette an. Er schien Urbans Blick auf das rostige Ding zu bemerken.

„Aus der Kampfzeit", erklärte er. „Paßt besser zu mir als ein goldenes von Dunhill, finde ich. Ein Talisman. Solange ich es besitze, passiert mir nichts."

„Ich habe mir Ihre Hände angesehen", unterrichtete ihn Urban, „es sind die Hände eines Henkers."

Der General hob die Rechte, spreizte die Finger ab, blickte mit einer Grimasse hindurch und ballte sie dann zur Faust.

„Das ist nur der üble Ruf, der mir vorangeht. Alles Feindpropaganda. Niemand draußen kennt mich wirklich. Ich bin ganz anders. Fragen Sie das Volk. Es hält mich für gerecht. Hart aber gerecht. Man liebt mich."

„Für mich", kam Urban rasch zur Sache, „sind das die Hände, die Mila Baccari schändeten und ermordeten."

Der General hielt die Hand in das Licht der Petroleumlampe, drehte die Fläche langsam nach oben und nickte.

„Sie hat viel erlebt, diese Hand."

„Mila Baccari!" Urban buchstabierte den Namen beinah, „die Geigerin."

„Sind Sie deshalb hier, junger Mann?"

„Was für ein klarer Verstand", höhnte Urban.

Der General rauchte, ohne die Zigarette aus dem Munde zu nehmen. Er hatte sie zwischen den Lippen hängen während er sprach. Jetzt inhalierte er hastiger.

„Wer, bitte, ist die Dame?"

„Sie haben mich genau verstanden."

„Sagten Sie Mila Baccari?"

Urban wollte es hinter sich bringen.

„Sie haben sie getötet."

Kopfschüttelnd trat der General ans Fenster, schaute hinaus in die Dunkelheit und machte auf dem Stiefelabsatz kehrt.

„Ich kenne keine Mila Baccari."

„Dann lügen Sie", brach es aus Urban heraus.

Zogian schien zu erblassen. Seine Stirn bekam Falten, bis hinauf zur Glatze.

„Was erlauben Sie sich!" zischte er, beherrschte sich aber sofort wieder. „Wollen wir endlich zur Sache kommen, oder erst diesen Vorwurf klären?"

Urban blieb unerbittlich.

„Mila Baccari gab in Tirana ein Konzert. Wo ist sie jetzt?"

Der General flüchtete sich in ein spöttisches Grinsen.

„Ich besuche keine Konzerte. Ich mag nicht einmal Militärmusik."

„Aber Sie mögen schöne Frauen und können an keiner vorübergehen."

„Das ist richtig."

„Und wenn Sie eine nicht bekommen, nehmen Sie sie mit List oder Gewalt."

Spiro Zogian wirkte einen Augenblick wie erstarrt, als stehe er einem Bildhauer Modell für sein eigenes Denkmal. Seine Stimme klang angefeilt.

„Ich weiß nicht", sagte er, „warum ich Ihnen das erzähle, ausgerechnet einem Fremden, aber leider bin ich nicht mehr in der Lage, gewisse Dinge bei Frauen auszuüben. Seit einer Verletzung im Partisanenkampf gegen die deutsche Wehrmacht bin ich nur noch das, was man eine Maulhure nennt. Der Wunsch ist da, allein es fehlt an einem funktionierenden Organ."

Urban hielt das für einen abgefeimten Trick des

großen Märchenerzählers und Demagogen Spiro Zogian.

„Ich glaube Ihnen kein Wort, General."

„Mag sein, daß ich im Westen als Lügner gelte. Aber fragen Sie meinen Leibarzt."

Irgend etwas am Verhalten dieses Mannes ließ Urban einiges von der Tragik ahnen, die ihn geformt hatte. Seine niedere Herkunft aus einem Dorf in Mazedonien, der Hunger, die Knochenarbeit schon als Kind, die Kriege, die Verfolgung, der fanatische Kampf, um nach oben zu kommen. Auch wenn kein Wort davon in den Dossiers stand, Urban glaubte es plötzlich zu ahnen. Aber er wischte es beiseite. Zu tief saß der Haß, zu lange hatte er sich vorgenommen, an diesem Scheusal Rache zu üben.

Um es abzukürzen, griff Urban in die Hemdtasche und entnahm ihr ein Foto.

„Das ist sie."

Der General nahm das Foto und hielt es ans Licht.

„Wer kennt diese Frau nicht", bemerkte er. „Die Welt kennt sie."

„Aus welchem Grund", forschte Urban weiter, „wenn nicht aus dem von mir genannten, haben Sie Miß Baccari verhaftet und gefoltert?"

Der General bekam Augen so leblos wie Glas.

„Ich bin ihr nie begegnet", versicherte er noch einmal.

Urban hatte kein Ohr für die Äußerungen des Generals.

„Wo halten Sie sie versteckt, falls sie noch lebt? Ich schwöre Ihnen, General Zogian, Sie werden diesen Raum nicht lebend verlassen."

Das Verhalten des Westagenten machte den erfahrenen Staatsmann allmählich nachdenklich. Er zog sich einen Hocker heran, setzte sich schwer darauf, steckte sich wieder eine von den langen dünnen Zigaretten an.

„Ich fürchte", erklärte er ganz ruhig, „daß man Sie hereingelegt hat. Sie sind einem Riesenbluff aufgesessen. Nun frage ich mich, warum das veranstaltet wurde."

„Was Sie auch reden, es nützt Ihnen nichts, Zogian."

Der General hob ruckartig das Kinn.

„Sie sind bewaffnet?"

„Schwer", gestand Urban. „Meine Maschinenpistole wird Sie perforieren, ehe auch nur einer Ihrer Männer diesen Raum betritt."

„Vor dem Tod hätte ich keine Angst", erwiderte der General, „nur Verrat fürchte ich. Und ich glaube, es geht hier um Verrat. Man hat mich verraten und Sie verraten. Man hat uns beide verraten. Man wollte uns hier haben an diesem Ort. - Aber aus welchem Grund, zum Teufel!"

Nun wurde auch Urban nachdenklich. Dieser Mann war völlig anders als er erwartet hatte. Urban steckte sich eine MC an. Dabei vernahm er des Generals Frage:

„Und was ist mit der für mein Land lebenswichtigen Information?"

Urban lachte bitter.

„Ihr Land ist in Gefahr. Aber das wissen Sie schon lange und besser als ich. Die Beweise, die wir zu besitzen vorgaben, sind nur das Mittel, um Sie hierherzulocken."

„Um Rache an mir zu üben?"

„Für etwas, das es . . .", Urban stockte, als fehlten ihm die Worte, „. . . vielleicht gar nicht gibt."

Urban spürte, wie der Strohhalm, an dem er sich festgehalten hatte, riß. Mit einem Mal wußte er, daß der General die Wahrheit gesprochen hatte. Aber was war die andere Seite der Wahrheit?

„Gut eingefädelt", meinte der General, „verdammt gut. Alle Achtung! Das ist noch keinem gelungen. Aber daß wir das nicht hinnehmen können, ist Ihnen doch klar, oder?"

Urban überlegte, was jetzt zu tun sei. Sollte er abhauen, sein Leben retten, hinausstürzen in die Nacht, die Do-27 starten, oder sollte er hierbleiben und der Sache nachgehen. Was war los mit Mila Baccari?

Der General nahm ihm die Entscheidung ab.

„Wache!" rief er. „Wache!"

*

Urban glaubte das Poltern ihrer Stiefel zu vernehmen. Aber es war der aufkommende Nachtwind, der sich an losen Brettern und Fensternflügeln zu schaffen machte.

„Wache!" schrie der General zornig jetzt und dann zu Urban gewandt: „Es ist infam, was Sie sich mit mir erlauben. Das hat natürlich Folgen."

Weil sich draußen nichts rührte, stand er auf, eilte zur Tür, riß sie auf und trat vor die Baracke.

„Das Flugzeug sichern!" befahl er, „und einen Wagen!"

Der breite Rücken des Generals verschwand. Urban hörte ihn fluchen und herumbellen. Nachdem es eine Weile ungewöhnlich still war, stapfte Zogian wieder herein.

Er wirkte ratlos. Seine Haut hatte kaum noch Farbe, seine Radaraugen schienen den Horizont abzutasten.

„Das verstehe ich nicht."

„Gibt es ein Problem, Exzellenz?"

Der General bemühte sich um eine Lageanalyse.

„Wie viele Leute haben Sie mitgebracht?"

Urban streckte Daumen und Zeigefinger weg.

„Zwei", murmelte der General. „Und wir sind vierzig Mann. Der ganze erste Zug meiner Gardekompanie. Es ist unmöglich."

Er bat Urban mitzukommen, nahm die Petroleumlampe, ging hinaus und hob die Lampe.

„Begreifen Sie das?"

Die zwei Leibwächter, die er weggeschickt hatte, lagen vor der Baracke. Aber nicht nur sie, sondern auch alle anderen Männer im Lichtkreis, die bei den Fahrzeugen und die am Lagerfeuer, schienen in einen todesähnlichen Schlaf verfallen zu sein.

Urban kümmerte sich um die zwei in seiner Nähe. Er drehte sie um. Sie waren gefesselt. Er nahm die Lidprobe vor.

„Vollnarkose", stellte er fest und tastete sie ab. Bei einem fand er zwischen den Schulterblättern eine Art Nadel. Sie steckte tief in der Haut. Er zog sie heraus. Nach hinten, dort wo sie das blitzartig wirkende Schlafmittel mitgeführt hatte, war die Nadel verdickt und mit Führungsrillen versehen.

Im Begriff, auch die anderen Soldaten und Offiziere der Leibwache zu untersuchen, machte Urban spontan kehrt und zog sich in den Schutz der Baracke zurück.

„Wer war das?" fragte der General tonlos. „Nur Sie und ich kannten Ort und Stunde dieses Treffens."

In seinem Hirn rastete etwas ein. Es war durchaus logisch für ihn und trotzdem falsch.

Zogian wollte sich auf Urban stürzen, aber Urban hatte links das Messer und rechts die Mini-MPi. Der General bremste seinen Schwung.

„Sie schießen nicht", rief er, „Sie nicht. Sie sind Mister Dynamit. Ich habe Sie erkannt. Und wenn eines über Sie publik ist, dann, daß Sie niemals auf Menschen schießen."

„Diesmal würde ich es tun, Exzellenz."

Der General glaubte ihm nicht. Langsam kam er auf ihn zu. Urban geriet in ein ausgeprägtes Dilemma. Dieser Spiro Zogian war offenbar gar nicht der berüchtigte Henker, für den er, für den ihn der ganze Westen gehalten hatte. Doch wenn er sich nicht wehrte, dann würde das mit ihm geschehen, was er angenommen hatte, daß es Mila widerfahren sei.

Als der General noch zwei Meter vor ihm stand und Urban sich entscheiden mußte, sang ein stechmückenartiges Insekt durch die offene Barackentür herein und quer durch den Raum. Nein, so hell sang keine Mücke und so schnell flog auch keine. Außerdem würde sie nicht mit selbstmörderischer Geschwindigkeit gegen die Bretterwand anrennen, um sich dort selbst zu zerquetschen.

Urban wechselte die Blickrichtung. Er glaubte die Nadel stecken zu sehen. Da schlug Zogian zu.

Urban duckte ab. Zogian setzte nach, verfehlte Urban abermals. Plötzlich wuchs ein Schatten über sie.

Ein Schatten scharf und groß im Gegenlicht eines aufflammenden Scheinwerfers. Eine Stimme dröhnte:

„Halt!"

Zogian fuhr herum. Er mußte die Stimme kennen. Ratlosigkeit erfaßte ihn beim Anblick des Offiziers.

„Sie, Oberst Zimbral", rief er entsetzt, „Sie sind also der Lump von einem Verräter."

„Sagen wir Konterrevolutionär."

„Womit habe ich das verdient", keuchte Zogian.

„Fesselt ihn!", befahl der Oberst, „bringt ihn weg! Sofort liquidieren!"

Zwei Mann packten den General. Spiro Zogian wehrte sich heftig. Gegen seine Bauernkräfte kamen sie nicht an. Andere sprangen hinzu, warfen sich auf den General. Noch einmal kämpfte er sich aus dem Knäuel von Soldaten frei, hob den sehnigen Arm, ballte die Faust, schlug zu, wild und verzweifelt. Da traf ihn ein Kolben von hinten.

Mit gellendem Wutschrei sackte der General zusammen. Sie schleppten ihn hinaus.

„Sofort liquidieren!“ befahl der Oberst noch einmal. „Aber nicht hier. Macht es draußen am See.“

Dann zog er seine Handschuhe aus.

„Und jetzt zu Ihnen, mein Freund“, sagte er lächelnd.

*

Dem Italiener Emile Amato blieb keine andere Wahl. Er hatte Sitzbereitschaft in der Do-27, um jederzeit starten zu können.

Anders verhielt es sich mit dem MI-6-Mann. Norton Steward wäre ein schlechter Geheimagent gewesen, wenn er sich nicht um Urban gekümmert, oder zumindest Flankenschutz geboten hätte.

Eine Zigarettenlänge, nachdem Urban in Richtung auf die Baracke verschwunden war, verließ er das Flugzeug und näherte sich, in weitem Bogen nach Südwesten das Lagerfeuer der Soldaten umgehend, der Baracke. Dabei wurde er mehrmals durch ankommende und wegfahrende Automobile, aber auch durch mancherlei Vorgänge, die er sich zunächst nicht erklären konnte, gestört.

Als er endlich an der Baracke stand und sich an ihren Wänden entlangtastete, um entweder einen Blick ins Innere werfen zu können oder etwas von Urbans Unterhaltung mit General Zogian aufzuschnappen, sah er Dinge, die einzuordnen ihm schwerfielen.

Ein Teil der Leibwache hatte sich zum Schlaf hingelegt, wieder andere arbeiteten sich wie Indianer an die Baracke heran.

Und in der Baracke hatte die Auseinandersetzung zwischen Urban und dem General ihren Höhepunkt erreicht. Urban stand dem General gegenüber, der ihn trotz seiner Waffen wie ein Corrida-Stier angriff.

In letzter Sekunde wurde der Zusammenprall durch ein Geräusch und dann durch einen Offizier, der unvermittelt auftauchte und offenbar nicht zur Kompanie des Leibregiments gehörte, verhindert. Nach heftigem Wortwechsel wurde Zogian übermannt und weggebracht.

Deutlich vernahm der Engländer den Befehl, daß der General unten am See liquidiert werden sollte.

Da sich im Innern der Baracke ein gemütliches Gentlemen-Gespräch anzubahnen schien, zog sich Norton Steward aus seiner lebensgefährlichen Position zurück. Es gelang ihm, sich ins Dunkel zu verdrücken.

Auf dem Weg zum Flugzeug war er zunächst ratlos, was er und der Italiener jetzt tun sollten. Hatten sie sich an Urbans Wunsch, eine Stunde zu warten und dann heimzufliegen zu halten, oder war alles anders verlaufen, völlig unerwartet, gegen jeden Plan?

Wenig später mußte Steward flach auf die Erde. Die Finger eines Autoscheinwerfers tasteten nach ihm, glitten aber kurvend über ihn hinweg. Nicht weit von dem MI-6-Agenten entfernt, zwischen dem Ende der Landebahn und dem schilfigen Seeufer, hielt der Wagen an.

Es war ein Jeep aus sowjetischer Fertigung. Man sah es an der rundlich gewölbten Motorhaube.

Drei Mann verließen den Geländewagen. Der in der Mitte überragte die anderen um Haupteslänge.

Norton Steward nahm an, daß es sich bei dem grislybärenhaft Gewachsenen um General Zogian handelte und bei den anderen um seine Henker.

*

„Jetzt zu Ihnen, mein Freund", hatte der elegante Oberst gesagt.

Gegen den Tisch gelehnt schlug er ein Bein vor das andere, nicht ohne auf die scharfe Bügelfalte zu achten. „Sie können sich denken, um was es geht."

„Um den General."

„Richtig. In psychologisch exakter Einschätzung Ihres Charakters und Ihrer Fähigkeiten haben wir das Märchen von Mila Baccaris Tragödie in Tirana in die Welt gesetzt. Es ist uns perfekt gelungen, stelle ich fest."

Dieser Mann hatte recht, aber Urban gab es nicht zu. Wie allen Menschen fiel es ihm schwer, einen Fehler einzugestehen.

„Und wenn ich alles längst durchschaute und nur auf Ihr Spiel einging, um Sie auflaufen zu lassen, Oberst Zimbral?"

„Die Gegenrevolution?" fragte der smarte Oberst. „Sie erlauben, daß ich lache. Dann müßten Sie mit einer Streitmacht gelandet sein, die groß genug ist, um das Rad der Geschichte rückwärts zu drehen."

„Sie meinen, um Zogian wieder an die Macht zu bringen."

Der Oberst schaute auf die Uhr.

„In dieser Minute dürfte der Genickschuß erfolgt sein."

„Und der einzige Mensch“, erwiderte Urban, „der Albanien blockfrei halten konnte, unabhängig von China, Jugoslawien und der UdSSR ist tot.“

„Was heißt blockfrei.“ Der Oberst blieb in Anbetracht der Lage ungewöhnlich sachlich. „Blockfreiheit, die gibt es nicht. Zogian versuchte es, aber er neigte dem Westen zu.“

„Zum Besten für sich und für sein Land.“

„Damit verweigerte er unseren Freunden den lebensnotwendigen Zugang zur Adria, zu unseren Häfen.“

„Sie meinen Ihre Freunde in Moskau?“

Dies stritt der Oberst nicht mehr ab.

„Sie sind ein kluger Kopf“, erklärte er, „auch wenn es jetzt nicht mehr schwierig ist, unsere Absichten zu erraten. Irgendwann werden die bereitstehenden sowjetischen Panzereinheiten aus dem Raum Ungarn-Rumänien-Bulgarien einmarschieren.“

„Von Ihnen zu Hilfe gerufen.“

„Natürlich muß man Gründe konstruieren.“

„Unter Zogian wäre das niemals möglich gewesen.“

„Zogian existiert nicht mehr. Seine Ära ist beendet.“

Urban blickte durch, aber nicht ganz. Hinten stand ihm noch eine Nebelbank im Weg.

„Operation Bär-Löwe-Nachtigall?“ fragte er.

„Länder, zwischen die es Trennlinien zu schieben gilt. Ja, das ist das umfassende Konzept.“

„Dann haben Sie auch mit diesen Geldräubern zu tun“, tippte Urban.

„Nun“, erwiderte Oberst Zimbral so frei und frank, daß Urban für seine nähere Zukunft entsprechende Schlüsse ziehen mußte, „nun, irgendwie mußten wir uns ja finanzieren. Alte Freunde, Parteigänger eines großen Mannes wie Zogian, auf die andere Seite zu ziehen, das kostet Geld. Moskau wollte sich nicht offiziell einmischen."

„Und mit dem Geldraub vor zehn Jahren in Frankreich", fragte Urban, „was wurde damit gekauft, etwa gewisse Politiker in Afghanistan?"

„Denken Sie was Sie wollen."

Urban blieb hartnäckig und neugierig.

„Sie verfielen nicht allein deshalb auf meine Person, damit ich Ihnen den General aus seiner uneinnehmbaren Burg, dem Regierungspalast in Tirana, weglockte. Es gab noch andere Gründe."

„Selbstverständlich", gestand der Oberst. „Den Playboy Monti-Negro nahm Ihnen die Organisation nur für begrenzte Zeit ab. Als Sie mit Geld nur so um sich warfen und Banknoten aus dem Schottlandraub auftauchten, wollte man Sie kriegen. Und mit Ihnen die Hälfte der Beute."

„Doch die Männer im Cadillac sahen rechtzeitig, wem sie aufgesessen waren."

„Man identifizierte Sie, erkannte die Mitwirkung der NATO-Geheimdienste und versuchte Sie damals schon zu liquidieren. Es mißlang leider. Aber jetzt wird es nicht mehr mißlingen. Sie werden General Zogian folgen, denn Sie sind zu gefährlich, Mister Dynamit. Sie wissen zuviel. Wir können keine Zeugen dulden, die die Wahrheit kennen."

Urban steckte sich eine MC an. Nach dem ersten Zug bemerkte er:

„Es sind nur neunzig Prozent der Wahrheit."

„Abermals richtig", bestätigte der Oberst. „Es gibt noch einen kleinen Rest."

„Wie", fragte Urban, „verfielen Sie ausgerechnet auf die Idee, mich mit dieser Horrorgeschichte über Mila Baccari anzulocken?"

„Liebten Sie Mila denn nicht?"

„So ist es."

„Agenten sollten sich vor Gefühlen schützen."

„Durch Gefühle wird man leider zum Werkzeug."

„Der Gefühle."

„Oder derjenigen Person, die sie in einem hervorruft."

„Wem sagen Sie das", antwortete der Oberst. „Und damit Sie nicht voll peinigender Ungewißheit ins Jenseits wandern, möchte ich auch die letzten Rätsel lösen." Der Oberst war aufgestanden und ging jetzt, die Hand lässig in den Taschen, auf und ab. „Stellen Sie die Frage, die Ihnen auf dem Herzen liegt, mein Lieber."

Urban zögerte nicht lange.

„Wo ist Mila Baccari?"

Der Oberst kaute seine Unterlippe und schien zu überlegen, wieweit er Urban einweihen durfte.

„Danke, es geht ihr blendend."

„Zu welcher Rolle zwangen Sie Mila?"

„Zu gar keiner", erklärte Zimbral. „Es war eher umgekehrt."

Obwohl ganze Gebirge in ihm zerbarsten, fragte Urban weiter.

„Inwiefern?"

Der Oberst hob die Schultern.

„Vertragen Sie die Wahrheit?"

„Ich bitte um sie."

„Wollen Sie nicht in dem schönen Wahn sterben, daß Sie geliebt worden seien?"

„Kann ich", fragte Urban, „Mila noch einmal sehen?"

„Sie meinen Milanda Jackson, wie wir sie nennen."

Urban nickte stumm.

Oberst Zimbral nahm die Hände aus den Taschen.

„Sie werden Miß Jackson nicht nur sehen dürfen, Sie werden sie auch sprechen. Denn Milanda Jackson, vielmehr . . . Oberst Jackson, ist Ihr Richter."

Der Führer der albanischen Konterrevolutionäre nahm die Lampe, hob sie, öffnete die Tür und gab ein Zeichen, indem er die Lampe hin- und herbewegte.

Draußen löste sich langsam eine Gestalt aus dem Dunkel.

Sie trug Khakiuniform, die der des weiblichen Offizierskorps der Roten Armee glich. Der kurze Rock mit Quetschfalte vorn, die eleganten Juchtenstiefel, die straff über dem Busen anliegende Bluse, das Koppel, der Schulterriemen, das Käppi, das alles kleidete sie ausnehmend gut.

Sie kann anhaben, was sie will oder auch gar nichts, dachte Urban, sie ist immer die attraktivste Frau, die du je gesehen hast.

In diesem Moment war sein Gefühl für sie gestorben, aber er trug ihr nichts nach. Warum sollten Frauen anders sein als Männer, wenn es um mehr als um ein bißchen Seelenverwandtschaft und Hautkontakt ging.

13.

Im Westkeller des Weißen Hauses zu Washington tagte der nationale Sicherheitsrat, NSC genannt.

Den ganzen Tag über waren schlechte Nachrichten eingelaufen, und im Laufe der Nacht wurden sie eher noch schlimmer.

Der Berater des Präsidenten, der Stabschef des Oval-Office sowie die Verbindungsoffiziere zum Pentagon hielten sich nur noch mit Unmengen von starkem Kaffee wach.

„Afghanistan war nichts dagegen“, sagte einer.

„Wo liegt Afghanistan, und wo liegt Albanien“, lautete die Antwort eines Generals. „So einfach ist das. Damals setzten sie uns das Feuer nur auf das

Dach, heute beginnen sie uns über dem Grill zu rösten. Das ist der Unterschied, Gentlemen."

„Damit brechen sie die Flanke der NATO auf", faßte es einer der Strategen zusammen.

Neue Nachrichten liefen über Funk und Telex ein. Aber keine enthielt das, was die Herren unbedingt wissen wollten.

„Alles halbseidene Ware", verwarf einer der Experten die letzten Meldungen. „Wir müssen endlich wissen, ob es sich bei dem Treuppenaufmarsch an der jugoslawisch-rumänischen Grenze um vorgezogene Herbstmanöver oder um mehr handelt."

„Verlautet denn nichts über den Belgrader Geheimdienst?"

„Die wenden sich laufend an uns, weil sie hoffen, wir hätten Satellitenbilder vorliegen."

„Und warum haben wir sie nicht vorliegen?"

Einer der für die Spionagetechnik zuständigen Fachleute versuchte es zu erklären:

„Die Truppenbewegungen im Stara-Planina-Gebirge erfolgen unter außerordentlich günstigen Bedingungen für die Gegenseite. Die bis jetzt gesichteten Massierungen an Panzern und Versorgungseinheiten stehen in engen Flußtälern, oder in cañonartigen, drüben würde man sagen schluchtartigen Übergängen, teilweise auch in Tunnels."

„In Tunnels kann man keine Division aufmarschieren lassen."

Die Rechnung des Experten lautete anders.

„Die Eisenbahnlinien von Sofia und Bukarest nach Belgrad führen durch eine Reihe langer Tunnelröhren. Wenn man einkalkuliert, daß sich auf einen Kilometer hundert T-72 Kampfpanzer parken lassen, dann sind sie in der Lage, allein nahe der Grenze zwei kampfstarke Divisionen auf diese Weise unseren Himmelsspionen zu entziehen."

„Wichtig ist nicht", meinte ein anderer, „was wir sehen, sondern was sie uns verbergen. Allein die Tatsache, daß sie etwas vor uns verbergen, läßt tiefe Schlüsse auf ihre Absichten zu."

Der Mann, der in wenigen Minuten dem Präsidenten der Vereinigten Staaten im Oval Office Bericht erstatten mußte und der die Verantwortung trug, daß der mächtigste Mann des Westens so genau wie möglich über die Lage unterrichtet wurde, stellte eine klare Frage.

„Was kann ihre Absicht sein?"

Die Experten schwiegen. Nur einer machte eine Rechnung auf:

„Die Entfernung beträgt knapp hundert Meilen."

„Was heißt das?"

„Von Grenze zu Grenze."

„Sie wollen sagen vom Aufmarschgebiet in Bulgarien bis nach Albanien."

„Das dürfte die Stoßrichtung sein."

„Aber dabei müssen sie durch die Provinz Makedonien."

„Wenn sie einen perfekten Zangenangriff vornehmen, dann müssen sie auch durch die Provinz Serbien."

„Und das ist jugoslawisches Territorium."

„Belgrad steht in keinem Bündnis mit Moskau."

„Wer fragt schon danach."

„Das bedeutet doch Krieg."

„Den Belgrad niemals erklären wird, erst recht nicht jetzt nach Titos Tod, wo es von einem Schwächeanfall in den anderen taumelt. Ein Krieg würde praktisch das Ende dieses zusammengeschusterten Vielvölkerstaates bedeuten."

Immerhin kam die Runde überein, daß der Überfall, sofern er stattfand, nicht Jugoslawien galt, sondern Albanien.

Der Mann, der dem Präsidenten Bericht zu erstatten hatte, sagte:

„Die Regierung in Tirana gilt doch als stabil. General Zogian hat alles fest in der Hand."

„So fest, daß er bis heute jeden Annäherungsversuch der UdSSR abschmetterte und sogar die Chinesen aus dem Lande warf."

„Man hörte, er sei einer wirtschaftlichen Annäherung an den Westen nicht abgeneigt."

„Diese Balkanesen", bemerkte jemand, „sie sind und bleiben irgendwie Operettenstaaten. Heute hier, morgen dort, übermorgen eine neue Revolution."

„Spiro Zogian ist kein Operettenheld."

„Aber auch er wird alt und nützt sich ab. Junge Offiziere mit verblassenden Idealen rücken nach. Und taucht in ihren Reihen erst eine Führerpersönlichkeit auf, dann kann der Wind die Fahnen rasch in andere Richtung wehen lassen."

„Was ist uns über Albanien bekannt?"

„Jede Menge."

„Ich meine nicht das, was in den Lexikas und den alten Geschichtsbüchern steht. Wie sah es gestern, wie sieht es heute, wie morgen früh dort aus?"

Daraufhin herrschte wieder Schweigen. Der Mann von der CIA, der hier die Agency vertrat, hob die Schultern.

„Albanien ist ein bißchen wie China, als man dort die Mauer baute. Keiner schaute drüberweg."

„Ist so etwas zu behaupten nicht grober Leichtsinn?"

„Das Land ist einfach zu klein und wirtschaftlich zu unwichtig."

„Leichtsinn und Arroganz", ergänzte der Stabschef des Weißen Hauses, „nenne ich das."

„Wir vernachlässigten Albaniens strategische Bedeutung wohl deshalb, weil es für uns keine besitzt."

„Um so mehr für die Russen."

Der Stabschef faßte das Material zusammen. Bald war ihm klar, daß es niemals ausreichen würde, um dem Präsidenten eine Entscheidung zumuten zu dürfen.

„Ich brauche Einzelheiten", forderte er, „Details. Beschaffen Sie sie Gentlemen. Wie Sie das machen, ist mir egal. Ich muß sie in den nächsten vierundzwanzig Stunden in Händen haben."

*

Man beschloß AWAC-Spähflugzeuge an der griechisch-bulgarischen Grenze patrouillieren zu lassen.

Zwei mit Radar- und Spionageanlagen vollgestopfte Boeing 747 wurden aus dem Kommandobereich NATO-Mitte abgezogen. Sie verlegten sofort von ihren Flugplätzen in Rheinland-Pfalz nach Thessalien.

Nachdem die Jumbos mit den tellerförmigen Radarantennen auf dem Rücken vollgetankt waren, begannen sie mit ihrer Arbeit.

Auf 11000 Meter Höhe waren sie in der Lage, weit in gegnerisches Gebiet hineinzublicken. Ihren superstarken elektronischen Systemen entging auch bei schlechtem Wetter nichts. Sie konnten, selbst auf entlegenen Pfaden, einen Radfahrer von einem Motorradfahrer unterscheiden.

Bis zu 150 Kilometer Tiefe reichten ihre Augen über die Grenzen. Nur Gebirge bildeten ein natürliches Handikap. In der Ebene sahen sie alles, nicht aber, was im Schatten der Berge lag.

Auch Häuserblocks schirmten in der Regel ihre Nordseiten ab.

Alles, was die AWAC-Maschinen mitbrachten, war die Feststellung von verstärkten Nachschubbewegungen zwischen Sofia und der Grenze. Sobald die Straßen ins Gebirge führten, war es aus, denn die meisten Täler liefen hier in Ost-West-Richtung.

Notgedrungen erhöhte man die Risikobereitschaft und setzte deshalb eine F-18 Hornet ein. Die doppelschallschnelle Maschine war in dieser Version mit Kameras ausgerüstet und konnte am Rande der Stratosphäre operieren.

Die Hornet startete von einem US-Träger im Strymonischen Golf, um nach einem weiten, bananenförmigen Schwung auf einem anderen Träger, der bereits mit Volldampf Kurs auf Korfu nahm, zu landen.

Bis zum bulgarisch-griechisch-makedonischen Länderdreieck ging alles glatt. Der Höhenaufklärer hielt genau Kurs an der Grenze entlang und schoß auch gute Bilder. Als er sich aber dem Hauptaufmarschgebiet der Roten Panzerarmee näherte, erfaßte sein Feinderkennungsradar mehrere Punkte, die sich aus Osten näherten und rasch an Höhe gewannen. Es mußte sich um MiG-25 handeln.

Als zu den Abfangjägern noch Boden-Luft-Raketen hinzukamen, kippte der Hornet-Pilot seinen Spionagevogel auf die linke Fläche und nahm Reißaus. Mit Nachbrennerschub suchte er das Weite.

Vierzig Minuten später griff sein Haken die Fangseile des Trägerdecks.

Die Beute war mager. Mit Mühe gelang es den Auswertern, die taktischen Zeichen mehrerer

Tankwagen zu entziffern. Ihr Funkspruch an den Stab lautete:

Bei der im Grenzbezirk nahe Kyustendil versammelten Einheit handelt es sich um die Gardepanzerdivisionen 9, 14 und 15 unter Generalmajor Nitrojew.

Nitrojew galt als einer der fähigsten und draufgängerischsten Panzerführer der sowjetischen Armee.

*

Im Tunnel von Kanica standen, wie in vielen anderen Tunnels auch, zwei lange Güterzüge mit je 45 Spezial-Tiefladerwaggons. Jeder dieser Wagen trug zwei der modernsten sowjetischen Kampfpanzer und konnte durch Rollbleche mit dem nächsten verbunden werden.

Soweit die T-72 noch nicht betankt und munitioniert waren, wurde dies in den noch verbleibenden Nächten durchgeführt. Zu diesem Zweck zogen Dieselloks die Züge bei Dunkelheit aus den Tunnels. An mehreren Stellen, die Pioniere mit Hilfe von Planierungen und Baggern vorbereitet hatten, fand die Übernahme von Kraftstoff und Panzergranaten statt.

Sobald es hell wurde, schoben die Loks die Züge wieder in die steinernen Röhren.

Nachdem General Nitrojew das Abdrehen der NATO-Spähflugzeuge gemeldet worden war, bestieg er den Kamow-Hubschrauber und flog zur letzten Besichtigung seiner Regimenter. Vor den versammelten Panzerkommandanten, Fahrern und

Funkern hielt er mit markigen Worten die immer gleiche Ansprache.

„Genossen!“ endete sie stets, „mit großer Wahrscheinlichkeit erreicht euch in den nächsten vierundzwanzig Stunden der Befehl zum Losschlagen. Um das gesteckte Ziel zu erreichen, ist es notwendig, daß wir auf hundertfünfzig Kilometer Breite das Gebiet eines Landes durchqueren, das uns nicht dazu ermächtigt hat. Aber wenn es um die Sicherheit der Sowjetunion geht, werden wir nicht lange um Erlaubnis betteln. Die Parole lautet: Motoren anwerfen, Marsch und durch! Zum Halt blasen wir erst an der Küste des adriatischen Meeres. Die Heimat fordert von uns eine Blitzoperation, die in zwei Nächten und einem Tag erledigt sein muß. Und wir werden den Sieg nach Hause melden. Seid ihr bereit, Genossen?“

Mit einem kurzen militärischen Hurra-Schrei bestätigten sie, daß sie auf die Befehle warteten.

Bis zum Einbruch der Dunkelheit hatte der General seine Panzerarmee inspiziert, Mannschaften und Offiziere motiviert und sich von ihrer Schlagkraft überzeugt. Er war zufrieden.

Von dieser Stunde ab trank der General, der nicht als Wodkaverächter bekannt war, keinen Tropfen Alkohol mehr.

Auch entfernte er sich nicht weiter als zehn Meter von dem Telefon, das ihn direkt mit Moskau und dem Verteidigungsministerium verband.

Das Warten auf den Befehl zermürbte ihn nicht. Für einen alten Haudegen wie General Nitrojew waren die Stunden vor dem Kampf wie eine Droge, die ihn in einen Rauschzustand versetzte.

*

Es war schon früh dunkel an diesem Abend. Ein Gewittersturm fegte um die Gebäude des BND-Hauptquartiers in Pullach bei München. Manche Böen fielen so heftig ein, daß sie das erste Laub von den Ulmen rissen.

Hinter der Dreischeibenverglasung der Operationsabteilung war wenig davon zu spüren. Außerdem hatte man dort andere Sorgen, als auf das Wetter zu achten.

Schon wieder rief Washington an.

„Sie sind dasjenige Glied im Bereich der NATO-Geheimdienste", wandte sich der CIA-Direktor an den BND-Vizepräsidenten, „das am meisten über den Osten weiß. Was ist Ihnen über General Nitrojew bekannt, mein Freund?"

Für eine Antwort brauchte der BND-Vize nicht erst die ihn umgebenden Fachleute zu befragen.

„Nitrojew war immer der Anführer der östlichen Speerspitze, wenn es um heikle Missionen ging. Seine Panzer marschierten im Eritrea-Konflikt vorneweg, wenn auch nicht mit dem roten Stern bemalt. In Afghanistan hielt man es schon weniger für nötig, den Stern zu übermalen. Aber immer plante und kommandierte Nitrojew den Angriff."

„Ein auf Ketten rollender Napoleon also", versuchte es der Amerikaner zu verstehen.

Daraufhin erfuhr der deutsche BND-Chef, daß man sicher sei, daß Nitrojews Panzerarmee an der bulgarischen Westgrenze aufmarschiert sei.

„Unsere AWACs sahen leider nicht viel, und der Fotoaufklärer wurde von MiGs und Sam-Raketen abgedrängt. Aber es sind eindeutig Garderegimenter."

„Wie beurteilen Sie den Stand der Vorbereitungen?"

„Für abgeschlossen", erklärte der Amerikaner. „Die Tankfahrzeuge, die gewöhnlich den Panzerkolonnen folgen, sind zu den Depots zurückgekehrt, wurden dort zum letzten Mal gefüllt, um in der Nacht zu den Einheiten zu rollen. Ebenso ist es mit Munition und Verpflegung. Die mobilen Lazarette und Operationssäle bewegen sich bereits in Richtung Grenze. Die Armee wartet mit dem Finger am Anlasserschalter."

„Auf das Okay aus Moskau."

„Das Ziel ist uns mittlerweile bekannt. Diesmal geht es um Albanien. Das war es wohl, was sich hinter der Chiffre Bär-Löwe-Nachtigall verbarg."

„Noch ist es in Tirana ruhig", bestätigte die deutsche BND-Führung dem Amerikaner.

„Von wann stammen diese Informationen?"

„Vom Dienstag. Wir hörten inzwischen nichts Gegenteiliges."

„In zwei Tagen kann sich viel ändern."

„In dieser Ecke durchaus schon", räumte der BND-Vize ein.

Nun stellte der Amerikaner eine Frage, die dem Deutschen ausgesprochen unangenehm war.

„Haben Sie einen tüchtigen Mann dort?" erkundigte sich der Amerikaner.

„Keinen Operativ-Agenten, der in der Lage wäre, auf irgendeine Weise einzugreifen", lautete die Antwort.

„Und wir haben uns, was dieses Gebiet betrifft, immer auf den Bundesnachrichtendienst verlassen."

Die BND-Führung hätte dem Amerikaner erwidern können, daß sich der europäische NATO-Teil auch auf die USA verlassen habe, was El Salvador, Chile, Vietnam oder Persien betraf oder betroffen hatte, aber jetzt ging es nicht darum, Emotionen loszuwerden.

„Jeder Mann", erwiderte der BND-Chef, „ist machtlos, wenn die Russen durchstoßen wollen."

„Erfahrungsgemäß marschieren die Russen immer nur dann ein, wenn es vorher einen Umsturz im Lande gab und sie von den neuen Machthabern gerufen werden."

„So dürfte es auch hier gehandhabt werden."

„General Spiro Zogian sitzt aber fest im Sattel."

„Auch der erfahrenste Cowboy kann abgeworfen werden, oder?"

„Aber das Volk liebt ihn doch."

„Das Volk liebt den, von dem man ihm sagt, daß es ihn zu lieben habe. Man wird Zogian als entartetes Scheusal hinstellen, das sich am Volk bereicherte, und das Volks wird rufen: Hängt ihn auf, den Verräter! - Nichts ist leichter als die Massen zu beeinflussen."

„Sie haben also nichts da unten", fragte der Amerikaner erneut, „auf das wir unsere letzte Hoffnung stützen könnten?"

„Was vermag der beste Mann gegen den bei solchen Revolutionen üblichen Wahnsinn auszurichten."

„Sie mögen recht haben." Die Sorge des Amerikaners wuchs immer mehr. „Was können wir überhaupt noch tun?"

„Wir", äußerte der Deutsche, „praktisch nichts. Vielleicht sollte sich Ihr Präsident über den heißen Draht mit dem Kreml aussprechen."

„Das würde auf eine Warnung hinauslaufen, die in einem Ultimatum endet."

„Was man immerhin im Fall Afghanistans versäumte."

„Hätte das etwas genutzt?"

„Wohl kaum."

„Na sehen Sie!" Der Amerikaner holte tief Luft und legte auf.

Die Gesichter im Kreise um den BND-Vize waren nicht einen Deut zuversichtlicher als die der Stäbe in Paris, in Rom, in London und Washington.

14.

Für Robert Urban gingen die entnervenden Wechselbäder weiter.

So schön wie der milde Schein der Petroleumlampe das Gesicht von Mila Baccari auch modellierte, nichts täuschte darüber hinweg, daß sie hier das Kommando führte und daß sie ihre Entscheidung getroffen hatte.

„Es tut mir leid", sagte sie mit einer auf Härte getrimmten Stimme.

„Mir auch."

„Es muß sein."

„Wenn es sein muß", erwiderte Urban kalt.

„Soll das Peloton es erledigen?" fragte der Oberst.

Mila Baccari verneinte.

„Wenn für General Zogian zwei Mann genügten, dann genügt für ihn einer." Sie wandte sich nach draußen an einen der jüngeren Offiziere: „Fesseln und für mich eine Waffe!"

Während sie sich über Urban hermachten und seinen noch einmal aufbrechenden Widerstand unter Kontrolle brachten, wurde Mila Baccari eine Pistole übergeben.

„Geladen und gesichert", sagte der Adjutant.

Sie überzeugte sich, ob dies auch den Tatsachen entsprach. Sie ließ das Magazin aus der 7,65er gleiten, zählte alle Patronen und prüfte durch Zurückziehen des Schlittens ob eine Kugel in der Kammer steckte. Dann schlug sie das Magazin hinein und sicherte.

„Einen Wagen!"

„Wir können hinter der Baracke ein Loch ausheben", schlug Oberst Zimbral vor.

„Daß man ihn eines Tages findet? Nach diesem Mann wird gesucht werden wie selten nach einem anderen. Deshalb werde ich es dort machen, wo Wind und Wellen ihn nach Westen treiben. Am Ufer eines anderen Landes mag man dann von der Leiche denken, was man will."

„Sie werden es selbst tun?" fragte Zimbral erstaunt.

„Ihre Hände, Gospodin", erwiderte die Frau, die offenbar im Auftrag Moskaus handelte, „sollen ohne Blut sein, wenn Sie in Tirana die Regierung übernehmen. So lautet meine Order."

Der Oberst hatte keinen Einwand mehr.

Er begann, den Abmarsch nach Tirana zu organisieren. Von jetzt ab waren Zug und Gegenzug präzise zwischen den Hauptquartieren in Tirana und Moskau abzustimmen.

„Ich warte auf Sie", rief der Oberst.

„Fahren Sie ruhig los", antwortete das Mädchen in Uniform. „Lassen Sie mir einen Offizier als Begleiter da. Das genügt."

Durch einen Wink mit der Waffe gab sie Urban zu verstehen, daß es soweit war.

Vor der Baracke bremste ein Jeep. Der Fahrer flankte heraus, ließ aber den Motor laufen.

*

Milanda Jackson, wie sie hier mit ihrem echten Namen genannt wurde, saß steif hinter der Lenkradsäule und starrte geradeaus, dorthin, wo das Licht der Scheinwerfer im Dunkel zerfloß.

„Seine Fesseln überprüft?“ fragte sie.

Der Adjutant des Obersten überzeugte sich davon, daß Urban keine Chance hatte sich zu befreien. Dann nickte er.

„Ich möchte keine Überraschung erleben.“ Mila trat die Kupplung, würgte den Gang hinein und gab Gas. Der Jeep vollführte einen Satz, ehe er gleichmäßig dahinrollte.

„Wo hast du Jeepfahren gelernt?“ fragte Urban so locker, als trete er eine Urlaubsreise und nicht seine letzte Fahrt an.

„Das kann man“, erwiderte sie.

„Oder nicht. - Nicht als Amerikanerin, die nur den Umgang mit automatischen Getrieben gelernt hat. Du bist doch Amerikanerin, oder ist auch das falsch?“

Keine Sekunde lenkte sie ihre Aufmerksamkeit von dem jetzt abfallenden Gelände. Ein Weg war nicht sichtbar. Es ging über welliges, zum Teil steiniges Grasland.

„Alles hat seine Richtigkeit“, erklärte sie.

„Und alles ist falsch.“

„Meistens stellt es sich nur in den Hirnen der Menschen falsch dar.“

Urban erinnerte sie an Realitäten, die er nicht nur geträumt haben konnte.

„Die Nacht auf dem Schiff bei San Remo schloß eine solche Entwicklung aus, denke ich."

„Wir haben uns nichts versprochen", tat sie es ab.

„Du gingst also hinaus an Deck, um zu sehen, ob deine Leute schon zur Stelle sind, um mich in Empfang zu nehmen."

„Die Polizei war da", erwiderte sie, „deshalb weckte ich dich, um dich vor ihrem Zugriff zu retten."

„Und mich deinen eigenen Leuten in die Arme zu treiben."

Zum ersten Mal blickte sie ihn an, aber nur flüchtig. Dabei hatte sie einen Zug um den Mund, als habe sie soeben ein Glas Fernet Branca gegen ihren verdorbenen Magen gekippt.

„Schon damals hielt ich dich nicht für den, der du zu sein vorgabst, sondern für einen gerissenen Burschen, dem es durch glücklichen Zufall gelungen war, die Hälfte der Schottlandbeute an sich zu bringen. Unrechtmäßig allerdings."

„Das ist ein juristisches Examensproblem", entgegnete Urban, „ob einem Dritten gegenüber, der sich Teile einer Beute verschaffte, Anspruch auf Herausgabe erhoben werden kann. Ein Witz ist das."

„Wie es verschiedene Gesellschaftsformen gibt", klärte sie ihn auf, „gibt es auch verschiedene Gesetze. Terroristen, Freiheitskämpfer, Religionsfanatiker, Revolutionäre machen einen beachtlichen Prozentsatz der Erdbevölkerung aus. Sie haben andere Verhaltensregeln entwickelt, als etwa die Bürger in Frankreich oder England. Aber mit demselben Recht und moralischem Anspruch. Oder bist du so kleinkariert, ihnen dies abzusprechen?"

„Wer hat dir diese Worte in den Mund gelegt?" fragte er. „Es gibt doch gewisse Grundregeln, die von allen einzuhalten sind, ob weiß, schwarz, rot oder gelb. Du sollst nicht töten, achte das Eigentum des anderen!"

„Und liebe deinen Nächsten", entgegnete sie höhnisch.

Wie sehr sie unter Zwang stand, merkte er, als sie Vollgas gab, obwohl das Gelände nur eine gemäßigte Gangart vertrug. Der harte Jeep führte sich auf wie ein ausbrechender Mustang. Urban, der nicht in der Lage war, sich festzuhalten, stemmte sich mit Füßen und Kreuz ein, um nicht herausgeschleudert zu werden. Er tat dies, obwohl es wirklich keine Rolle spielte, ob er von einem Jeep zerquetscht wurde oder ob man ihm eine Kugel gab.

*

Der Mond ging jetzt auf. Die Fläche des Skadarsko-Sees schimmerte wie ein blasses Auge. Der Schilfgürtel umrahmte es wie Wimpern.

Der Wind hatte nachgelassen. Das Unwetter, das er angekündigt hatte, war Richtung Norden abgezogen.

Mila ließ den Jeep ausrollen, zog die Bremse an und stellte den Motor ab.

„Wie konntet ihr General Zogian und seinen Männern unbemerkt folgen?" fragte Urban, um sich mit einem logistischen Problem davon abzulenken, daß er gleich tot sein würde.

„Wie er jeden in seiner Umgebung mißtrauisch überwachen ließ, so überwachten auch die Verschwörer ihn."

„Aber sie hatten es schwer. Sie sind in der Minderheit."

„Aber tüchtig und von Zogian geschult."

„Das Volk will sie nicht, das Volk liebt den General."

„Spielt es eine Rolle, was die Masse wünscht? Weder in einer Demokratie noch in einer Diktatur wurde je darauf Rücksicht genommen. Nur wer am lautesten schreit, der wird beachtet."

„Mit dem Idealismus der gegen Zogian stehenden Offiziersclique kann es nicht allzuweit her sein, wenn es nötig war, sie mit Dollars oder mit dem Versprechen auf Dollars zu ködern", bemerkte Urban.

„Alles, mein Freund", entgegnete Mila, „läuft auf Wohltaten hinaus. Das Volk will Brot, Schnaps und Spiele, die besseren Schichten Kaviar, Champagner und Gold. Auch die reinste Liebe bedarf ihres Lohnes. Allein mit der Verleihung von Orden läßt sich heute nichts mehr bewegen. Wie immer muß sich die Sowjetunion so lange aus der Entwicklung heraushalten, bis der Würfel gefallen ist. So vorsichtig ist man in Moskau, daß man sich weigerte, auch nur einen Rubel zu investieren."

Urban hörte, wie sie nach der Waffe tastete und sie jetzt entsicherte.

Was kannst du noch tun, überlegte er. Selbst wenn er sie in einem Gewaltakt, mit der Wucht seines Körpers, aus dem Jeep warf, was brachte es? Ehe er auf den Beinen stand und zu fliehen versuchte, schoß sie. Und wie weit kam er? Schwimmen ohne Hände war unmöglich.

Um die Grenze nach Jugoslawien zu erreichen, hätte er Marathonläufer sein müssen.

„Tu's schon", drängte er, „wenn du es tun willst."

Sie starrte auf die Waffe, die im Mondlicht schimmerte.

„Wer sagt dir, daß ich es tun will?"

„Du wirst es tun müssen.“

Sie atmete tief und heftig und nickte.

„So unfreiwillig wie ich in diese teuflische Situation hineingeriet. Hast du dir niemals die Frage gestellt, wie man eine Künstlerin wie mich, eine Amerikanerin, eine unabhängige, reiche Frau zu so etwas bringen konnte?“

„Durch Zwang“, sagte Urban. „Erpressung, unmenschlichen Druck vermutlich. Sei es wie es will, du bist mir keine Erklärung schuldig.“

„Dann kannst du dir die Gründe also denken.“

„Vielleicht“, sagte er.

„Warum muß ich dich töten, den Mann, den ich liebe.“

„Weil“, antwortete er, „du dich sonst selbst töten würdest, und keiner steht einem so nah wie man sich selbst.“

Sie schloß die Augen.

„Was weißt du wirklich darüber?“

„Das letzte Glied fehlt mir noch.“

Sie war sichtlich bereit es zu liefern, aber sie wurde gestört. Ihrem überwachen Instinkt war es aufgefallen.

„Das Schilf bewegt sich“, flüsterte sie.

„Ist nur der Wind.“

„Der Wind ist eingeschlafen. Was bewegt sich also dort im Schilf?“

„Ich sehe nichts“, log er, denn er hatte es längst bemerkt. Aber er wollte sie ablenken.

„Wenn man immerzu auf einen Punkt starrt, glaubt man, es bewegt sich dort etwas. Mit dem Gehör ist es ähnlich.“

„Etwas raschelte.“

„Erzähl mir“, bat er sie, „laß mich nicht in Ungewißheit auf die Reise gehen.“

Nach einer langen Pause, in der es absolut still war und sich auch im Schilf nichts mehr rührte, begann sie:

„Ich liebe meinen Bruder. Ich war immer ein Herz und eine Seele mit ihm.“

„Er ist nicht im Vietnamkrieg gefallen. Stimmt's?“

„Er kam in ein Lager des Vietkong. Dort erkannte man seine Fähigkeiten und daß er Russisch und Polnisch sprach. Unsere Mutter hatte es ihm beigebracht. Die russischen Berater des Vietkong wurden auf ihn aufmerksam. Gehirnwäsche und das übliche folgten. Sie drehten ihn völlig um, und er ließ es, angesichts dessen, was die USA in Indochina an Schuld auf sich geladen hatten, mit sich geschehen.“

Urban unterbrach sie.

„Aber die wahre Freude hatten sie auch nicht an ihm.“

„Das ist richtig. Er wurde nach Kiew gebracht und studierte dort an einer Eliteuniversität. Trotzdem konnte er sich nicht an die Gesellschaftsordnung in der Sowjetunion gewöhnen. Er wurde kriminell. Es begann mit Schwarzmarktgeschäften, mit immer größeren Schiebungen. Man ertappte ihn, aber alles wurde unterdrückt, weil er zu einflußreiche Leute aus der Nomenklatura bedient hatte. So nahm das Verhängnis seinen Lauf.“

„Es gelang deinem Bruder, eine Organisation aufzuziehen, gegen die die Mafia in Italien ein Club von Engeln ist.“

„Was er im einzelnen für die UdSSR, für den KGB machte, weiß ich nicht. Als er zu mächtig wurde, zuviel wußte, servierte man ihn kalt ab und schickte ihn in ein Lager in Sibirien.“

Urban hängte das letzte Glied ein und schloß die Kette.

„Von nun an setzte man dich unter Druck, um die letzte große Aktion zu retten. In diesem Fall die Wiederbeschaffung der halben Schottlandbeute."

„Weil man die Tätigkeit von Westagenten befürchtete."

„Was letzten Endes auch zutraf."

„Mein Gott", flüsterte sie, „weit ist es mit uns gekommen."

*

Im Schilf hatte sich mit Sicherheit etwas bewegt. Aber es mußte achtzig Meter entfernt sein. Gewiß nur ein Nachtvogel oder ein Tier, das spät zur Tränke ging.

Urban, der jetzt die Zusammenhänge kannte, überlegte, ob er Mila Baccari all das sagen sollte, was er wußte und was sie nicht wissen konnte, da man es ihr vorenthielt, um ein weiterhin gefügiges Werkzeug in ihr zu haben.

Es hätte ihn gereizt, es hinauszuzögern, um zu erfahren, ob sie den Mord wirklich ausführte, ob sie ihn erschoß, wenn auch nicht kaltblütig, sondern gezwungenermaßen. Aber was nützte ihm das, wenn er tot war.

Also setzte er den Schlußstrich unter die tragische Familiengeschichte der Jacksons.

„Kann ich noch eine Zigarette haben?"

„Sorry", bedauerte sie, „keine bei mir."

Er bat sie, in die Tasche seiner Kombination zu fassen. Sie zitterte, als sie ihn berührte. Nervös stieß sie zwei MC aus der blaugoldenen Packung, nahm sie zwischen die Zähne, brachte sie mit Hilfe der Streichhölzer zum Brennen und steckte ihm eine davon zwischen die Lippen.

Er rauchte tief ein, hielt die Glut möglichst hell. Er wollte ein Signal ins Dunkel geben.

„Du hast es nur für das Leben deines Bruders getan", stellte er fest.

„Ich schwöre es, bei allem was mir heilig ist, bei unserer Liebe."

„Dann", fuhr er fort, „hat man dich aufs schäbigste mißbraucht und hintergangen."

Sie verstand ihn nicht.

„Warum sollte man das tun? Ist mein Bruder etwa schon frei? Sagte man mir das nicht, weil ich so tüchtig bin und alles gut lief?"

Er inhalierte noch einmal tief und schüttelte den Kopf.

„Man sagte es dir nicht, weil, weil dein Bruder tot ist."

Er spürte wie sie sich im Sitz versteifte.

„Das ist eine Lüge. Der Trick eines Westagenten. Alles Bluff."

„Ich schwöre es bei allem was mir heilig ist", Urban verwendte ihre eigenen Worte.

Sie bäumte sich dagegen auf.

„Nein, das ist nicht wahr."

„Du wirst es erfahren, wenn alles vorbei ist, wenn du dich nützlich gezeigt hast, und wenn in Tirana alles im Sinne Moskaus gelaufen ist. Dann wird man es dir schonend beibringen, ehe man dir den Orden vom Roten Stern umhängt, oder, falls man es sich anders überlegt, dich liquidieren läßt."

„Mich, eine weltbekannte Geigerin?"

„Man läßt ein Automobil verunfallen, ein Flugzeug abstürzen, kein Problem."

Es war ihr anzumerken, daß sie ihm nicht glaubte, oder nicht glauben wollte.

Sie hob die Waffe. Urban vernahm das feine Geräusch, mit dem der Sicherungsflügel auf den roten Punkt schnappte. Sie drückte den Lauf in seinen Nacken und verstärkte den Druck.

Er sah sie an. Ihre Augen waren wie aus Metall.

„Na los!“

Sie verringerte den Druck. In dem Moment, als der Lauf eine Richtung eingenommen hatte, bei der die Kugel ihn nicht verletzen konnte, feuerte sie rasch hintereinander zwei Schüsse himmelwärts hinaus in die Nacht.

Wie getroffen saß Urban da. Erst als sie zu schluchzen begann, fragte er:

„Nur weil dein Bruder tot ist, hast du es nicht getan?“

„Nicht nur deshalb.“

„Weil sie dich hintergingen?“

„Ich hätte es unter gar keinen Umständen fertiggebracht. Schon als ich hörte, daß du hierherkommen würdest, wußte ich, daß ich es nicht tun könnte.“

Er ließ ihr Zeit sich zu beruhigen.

Als es den Anschein hatte, daß sie sich wieder faßte, sagte er: „Und was jetzt?“

„Oberst Zimbral ist unterwegs nach Tirana. Nichts wird ihn aufhalten, die Befehle aus Moskau zu erfüllen. Mit seinen Kumpanen wird er die Macht an sich bringen. Er wird im Radio sprechen und die Rote Armee um Hilfe bitten. Zur selben Minute wird General Nitrojew seine Panzer losschicken. Es ist nicht mehr aufzuhalten, weil es keinen gibt, der das Ruder noch herumreißen könnte.“

„Mit Ausnahme von General Spiro Zogian.“

„Und der ist tot“, stöhnte sie verzweifelt.

15.

Norton Steward hatte alles angewandt, was er im Trainingscamp von den indianischen Ausbildern gelernt hatte.

Erst war er in lockerem Trab dem Jeep gefolgt. In diesem Gelände konnte der offene Wagen, besetzt von General Zogian und dem Erschießungskommando, höchstens zwanzig Stundenkilometer schnell fahren. Das entsprach erhöhtem Radfahrertempo. Mit Zwischenspurts hielt Norton Steward zunächst noch Kontakt.

Nur einmal, als der Jeep ein Wäldchen umfuhr, verlor er ihn kurz aus den Augen. Bald sah er die Rücklichter wieder schimmern. Zum Glück war der Jeep nicht kriegsmäßig abgeblendet.

Der MI-6-Mann pumpte sich aus, bis in seine Lungen spitze Nägel stachen und sich seine Beinmuskeln verkrampften. Langsam fiel er immer weiter zurück. Sie hatten ihn abgehängt.

Er sprang in eine Senke, arbeitete sich eine Böschung hinauf, ließ sich flach hinfallen.

Die dunkle eckige Kontur gegen den Himmel, das war der Molotow-Jeep.

Lautlos arbeitete sich Steward näher. Dabei stellte er fest, daß die Soldaten mit dem General den Geländewagen verlassen hatten. Aber er sah und hörte die drei nicht. Die körperliche Überanstrengung trübte sein Wahrnehmungsvermögen. Erst als sich sein Kreislauf beruhigt hatte, glaubte er gegen den Horizont Bewegungen auszumachen.

Die Entfernung zu der Gruppe betrug etwa neunzig Meter. Sie stand dicht am Rande des Schilfgürtels, der sich steinwurfbreit zwischen Ufer und offenem Wasser ausbreitete.

Der Mond kam wieder heraus, mehr sichelförmig als rund. Bald verschattete ihn wieder eine ziehende Wolke.

Teufel, dachte der Engländer, sie haben mindestens zwei Maschinenpistolen und was hast du? Eine 7,65 Automatic mit einem Schuß in der Kammer und sechs im Magazin. Bißchen wenig, alter Junge.

Aber Risiko war der Reiz des Geschäfts. Damals in Oxford wo er money- und namenlos studiert hatte, sich am Leben erhalten und sich gegen Kommilitonen aus reichen angesehenen Familien behaupten mußte, hatte er pokern gelernt. Mit nichts im Ärmel hatte er gegen Asse aufgetrumpft und mit dem verzweifelten Mut des Nullmannes, des Besitzlosen gegen Mächtige, hatte er meistens gewonnen.

Daran dachte Norton Steward immer, wenn er vor einer schwierigen, wenn nicht sogar aussichtslosen Situation stand. Auf diese Weise hatte er es zum Spitzenagenten des Geheimdienstes Ihrer Majestät gebracht.

Obwohl er nicht genau wußte, um was es hier in Albanien ging, hatte er doch das Gefühl, daß er mit Urban in die Speichen eines Rades griff, das Geschichte machte.

Noch abwägend, was günstiger sei, sich anzuschleichen und sich einen nach dem anderen vorzunehmen, oder ein anderes Mittel zu wählen, versetzte er sich in die Verfassung von einfachen Soldaten.

Wenn sie aus dem Dunkel angegriffen wurden, dann schossen sie aus Angst um ihr Leben. Und ob er so schnell war wie ihre Zeigefinger an den Abzugshebeln, wagte er zu bezweifeln. Also machte er es mit angewandter Psychologie.

Zuviel Licht bei einer Tätigkeit, die kalter Mord war, und eine unmißverständliche Aufforderung, klar wie ein Befehl, waren immer noch die wirksamsten Mittel.

Steward konnte ein paar Brocken Albanisch. Er legte sich die Worte zurecht, schlich zum Jeep und tastete nach dem Schalter, den er brauchte.

Es gab nicht allzu viele davon im primitiven Armaturenbrett eines militärischen Geländewagens, der über keinerlei Raffinessen verfügte. Erst schaltete er die Wischer ein. Falsch, dachte er. Der nächste Knopf, der auf Zug reagierte, war der Choke.

Steward tastete sich an den nächsten, drehte ihn beherzt nach rechts. - Die Scheinwerfer flammten auf. Ihr Strahl hüllte die Dreiergruppe in Helligkeit.

Die Soldaten fuhren herum, einer hob den linken Arm, der andere riß den mit der Waffe vor die Augen um die Blendung abzumindern.

„Keine Bewegung!“ schrie Norton Steward.

Der Kleinere wollte feuern.

„Waffen wegwerfen!“

Nach kurzem Zögern ließ der erste die MPi zu Boden fallen, wechselte ein paar Worte mit seinem Kameraden, bis auch der einsah, daß es besser sei, der Aufforderung nachzukommen.

Steward Norton startete den Jeep und fuhr langsam auf die Dreiergruppe zu.

„Laufen Sie weg, General!“ schrie er, diesmal in Englisch.

Spiro Zogian, der wohl schon mit dem Schlimmsten gerechnet hatte, erwachte aus der Betäubung und rannte um sein Leben.

Steward hatte die Gruppe fast erreicht, da sah er, daß einer der Soldaten noch seinen Revolver in der Hand hatte und schießen wollte. Steward nahm ihn aufs Korn, riß das Lenkrad herum und erwischte ihn mit der Stoßstange. Der Soldat geriet unter den Motor des Jeeps.

Der andere entdeckte nun ebenfalls neuen Mut, aber schon hechtete Steward heraus und warf sich auf ihn. Ein gewaltiger Hieb mit dem Pistolenlauf, und der Albaner gab nur noch undefinierbare Laute von sich.

Nachdem Steward sich überzeugt hatte, daß von dem Exekutionskomitee keine Gefahr mehr drohte, entwaffnete er die beiden, löschte die Scheinwerfer und hetzte hinter dem fliehenden General her.

Zogian befolgte seine Aufforderung stehenzubleiben nicht. Erst im sumpfigen Schilfgürtel holte ihn der Engländer ein und mußte ihm mit Gewalt zu seiner Rettung gratulieren. Als Steward den Kopf des Generals aus dem Dreck zog, schüttelte Zogian seine Hände ab.

„Zum Teufel was soll das alles?" rief er wütend.

„Ich möchte nur Ihr Leben verlängern, General."

„Und wie stellen Sie sich das vor?"

„Davon habe ich im Moment wirklich keine Ahnung, Exzellenz", äußerte der Engländer britisch kühl.

Wenig später hörte Steward, wie sich ein zweiter Jeep dem Seeufer näherte.

„Sie kreisen uns ein, diese verdammten Bluthunde", fluchte der General.

„Aber noch haben sie uns nicht."

„Sie werden uns kriegen. Ich kenne Oberst Zimbral."

„Pardon, Exzellenz", erwiderte der Engländer, „Sie sind ein Hasenfuß, und ich dachte immer, Sie seien ein tapferer Krieger. So kann man sich irren."

Da stand der General auf und wischte sich in einer

großartigen Geste den Dreck von Gesicht und Uniformjacke.

„Nein", keuchte er, „Sie sollen sich nicht geirrt haben, Mister."

*

Der BND-Agent Robert Urban war bereit, das Erreichte zu verteidigen. Auch mit der Waffe. Aber es erwies sich als unnötig.

Die zwei Gestalten im Schilf gaben sich zu erkennen.

Erschöpft wankten sie die Uferböschung herauf und blieben stehen. Einer rief etwas. Es kam verstümmelt an.

„Dreiunddreißig", vernahm Urban.

Das konnte nur Norton Steward sein. Niemand außer ihm und dem Italiener kannten die Codenummer ihrer Kommandoeinheit.

Wegen der promillekleinen Möglichkeit einer Überrumpelung brachte Urban trotzdem die Waffe in Anschlag.

„Norton Steward!" rief er.

„Gut Freund, Urban."

Urban blieb weiterhin mißtrauisch. Wie konnte der Engländer wissen, daß es sich bei ihm und Mila nicht um die Leute des Oberst Zimbral handelte. Vielleicht stand er in der Visierlinie von Maschinenpistolen.

„Und wenn ich Oberst Zimbral wäre?"

„Der hat keine so schöne Stimme, mein Junge."

„Du gehst aus der Deckung und hast keine Ahnung, wer wir sind?"

„Doch. Meine Augen sind gut und meine Nase noch besser. Ich kenne nur wenige Leute, die sich ihre Zigaretten noch mit Streichhölzern anstecken. Die Flamme erhellte dein Gesicht. Selbst wenn ich noch Zweifel hatte, dann war es der Duft deiner MC, der zu uns herüberwehte. Diese Tabakmischung ist unverkennbar."

Der Engländer und der große schwergewichtige Mann neben ihm näherten sich langsam.

„Und wer ist der Typ bei dir?"

„Willst du raten?"

„Das muß der General sein", flüsterte Mila.

Aber das wußte Urban längst. Wie Steward es geschafft hatte, den General vor den Läufen des Exekutionskommandos zu retten, war jetzt, wo sich die Lage noch einmal gewendet hatte, unwichtig.

Schlagartig schienen alle die Chance zu erkennen.

„Wo ist Oberst Zimbral?" fragte der General. „Ich erwürge ihn mit diesen Händen."

Das entsprang zweifellos einer Mischung aus Wut und Kraftmeierei, war aber wenig ratsam.

„Sie sind in Kompaniestärke, und wir sind vier Figuren, Exzellenz", klärte ihn Urban auf.

„Und meine Männer, wo sind die?"

„Man hat sie erst narkotisiert und gefesselt, dann auf die Lastwagen geworfen und weggebracht."

„O mein Gott!" rief der Atheist Spiro Zogian. Für einen Ungläubigen wie ihn bedeutete es eine ganze Menge, wenn er sich an Gott erinnerte. Doch er faßte sich schnell.

„Wir haben zwei Jeeps. Von hier bis Tirana sind es einhundertdreißig Kilometer. Die Straßen sind einigermaßen ausgebaut. Nur zwei Stunden Fahrt."

„Aber der Oberst hat eine Stunde Vorsprung", rechnete Urban, „das entspricht gut und gern fünfzig Kilometern. Außerdem wird er an taktisch wichtigen Punkten, an Brücken und Engstellen Posten zurücklassen, um sich für alle Fälle den Rücken frei zu halten."

Der General stützte sich schwer auf den Kotflügel des Geländewagens.

„Wir müssen es versuchen."

„Gewiß. Aber so wie Sie sich das vorstellen, geht es nicht", entschied Urban.

„Wenn der Oberst vor mir die Hauptstadt erreicht, hat er den Sieg in der Tasche. Selbst wenn bekannt werden sollte, daß ich noch lebe, wird man das für ein Gerücht halten. Man nimmt mir jede Möglichkeit, mich dem Volk zu zeigen. Und Nitrojews Panzerarmee wird losmarschieren. O diese Schufte! Daß es einmal so enden würde, das hätte ich nicht erwartet. Nicht in meinen bösesten Träumen. Nie und nimmer."

Urban legte ihm die Hand auf die Schulter.

„Ich bin nicht ganz schuldlos an Ihrer Lage, Exzellenz."

Der General schüttelte den haarlosen Schädel.

„Sie waren auch nur ein Werkzeug."

„Deswegen bringen wir Sie jetzt nach Tirana. Das ist unsere Pflicht."

„Wie denn?" fragte der General in einem Ton, als erleide er fürchterliche Qualen.

Urban wandte sich an Norton Steward.

„Glaubst du, daß man auf dem Paradeplatz vor dem Schloß landen kann?"

„Ein guter Pilot mit einem guten Flugzeug vielleicht."

„Würden die Herren bitte langsamer sprechen", mischte sich der General ein, „damit ich Ihnen folgen kann. Was haben Sie vor?"

„Wir sind hier nicht mit dem Fallschirm gelandet, Exzellenz", erwähnte Urban, „sondern mit einem Flugzeug."

„Wenn es noch intakt ist."

„Amato hat es, als das Theater anfing, zum Platzende gerollt", berichtete der MI-6-Mann.

„Worauf warten wir dann noch", rief Zogian. Die Hoffnung pumpte ihn wieder mit Energie voll.

*

Abgesehen davon, daß der SIFA-Agent Emile Amato die Do-27 zunächst gegen den heranrasenden Jeep verteidigte und mehrere Schüsse auf ihn abgab, die zum Glück nur einen Scheinwerfer und die linke Hälfte der Windschutzscheibe zerstörten, gelang der Start mit der vollbeladenen Maschine einigermaßen.

Den Ort Skadar und den Fluß Drin ließ Urban im Westen liegen, weil dicht an ihnen die Straße nach Tirana entlangführte.

Auf den Rat des Generals hin mogelte er sich durch die Gebirgstäler. Immerhin war es möglich, daß Oberst Zimbral schon die Luftwaffe auf seine Seite gezogen hatte, wenn diese auch nur aus vier Hubschraubern und zwei Dutzend Flugzeugen, einer abenteuerlichen Mischung aus Propellermaschinen und Jets der ersten Generation, bestand.

„Die Hubschrauber dürften wohl kaum nachtflugtauglich sein", meinte Norton Steward.

„Und der neueste Jäger der Luftwaffe ist eine MiG-17 aus dem Jahr fünfzig."

„Mit der berühmten Nudelmann-Kanone", ergänzte der Italiener und alle lachten.

Nicht weil es witzig war, sondern weil die Erregung so anstieg, daß jeder die Gelegenheit zur Entspannung suchte.

„Wir fliegen sogar noch Weltkriegsjäger“, sagte der General. „In unseren Bergen sind sie den Jets überlegen.“

„Ja, ja, der alte Messerschmitt“, murmelte Urban, riß die Dornier hoch und gab Vollgas, um von einer Bergwand, die er unterschätzt hatte, eben noch freizukommen.

Nach zwanzig Flugminuten sahen sie die Lichter der Hauptstadt. Es waren nur wenige, denn wie vieles andere, war auch elektrische Energie in Albanien Mangelprodukt, und Strom mußte gespart werden.

„Ob die Palastwache auf uns feuern wird?“ überlegte der Engländer.

Urban kurvte erst einmal um den vorgesehenen Landeplatz. Der General hatte noch Augen wie ein Nachtvogel. Er wies Urban ein und dann riskierte Urban steil anschwebend mit gedrosseltem Motor den Endanflug.

Im letzten Augenblick gab er noch einmal Vollgas und fing den Hochdecker ab. Wegen der Dunkelheit war alles nur ungefähr abzuschätzen. Jedenfalls bumste die Einmotorige hart hin. Aber das Fahrwerk hielt es aus, auch das Rollen über unebenes Pflaster, quer durch die Blumenbeete der Parkanlage, über Bordsteine und Ligusterhecken.

Wie durch ein Wunder kam die Do-27 rechtzeitig zum Stehen, ohne sich auf den Kopf zu stellen.

Im Palast gingen Lichter an. Scheinwerfer, die den Hof innerhalb der Mauern und Gärten beleuchteten, flammten auf.

„Schießen sie, oder schießen sie nicht?“ lautete Urbans Frage.

Sie verließen das Flugzeug auf der dem Palast zugewandten Seite.

„Jeder mit erhobenen Händen!“ befahl Urban. „Aber Sie, General schleichen sich auf der anderen

Seite raus. Ich denke, Sie kommen schon irgendwie hinein in Ihre alte Höhle."

„Verlassen Sie sich drauf", sagte Zogian, „ich weiß, was ich tun muß. Ich habe in den letzten vierundzwanzig Stunden einige Fehler begangen. Nun darf ich mir keinen mehr erlauben."

Sie standen da im Licht der Scheinwerfer. Sie streckten die Hände nach oben, wurden aus Lautsprechern angebrüllt, aber sie verstanden kaum ein Wort.

Es vergingen gut fünf Minuten. Umständlich wurde das kunstvolle Gittertor geöffnet. Etwa ein Dutzend Soldaten kamen auf sie zu, alle schwerbewaffnet. Kaum hatten sie das Schloß verlassen, machten sie wieder kehrt, denn aus dem Inneren hörte man Schüsse fallen, Schreie gellten durch die Nacht. Bald kehrte wieder Ruhe ein.

Eine ereignisreiche Stunde später waren Emile Amato, Norton Steward, Mila Baccari und Robert Urban Ehrengäste des Generals.

Bei einem späten Dinner, das Zogian immer wieder verlassen mußte, um neue Befehle und Anordnungen zu erlassen, klärte sich allmählich die Lage.

„Der Oberst und seine Anhänger sind an der Mati-Brücke in die Abfangstellung meiner Garde gefahren", berichtete der General, „nur zwanzig Kilometer von hier."

Ein Adjutant kam herein und flüsterte dem General etwas zu. Über das Skipedarengesicht Zogians ging ein Leuchten. Er hob sein Glas.

„Oberst Zimbral ist tot", verkündete er, „und mit ihm die Hauptverschwörer. Es sieht gut aus, meine Freunde. Lassen Sie uns auf den Sieg anstoßen."

Ein Zivilist legte dem General den Entwurf seiner Rede vor, die er über Rundfunk an das Volk zu halten beabsichtigte.

Inzwischen lief schon das Sonderprogramm über die Sender. Es schilderte den Umsturzversuch in abenteuerlichen Einzelheiten und wie er nur durch die Tapferkeit und Umsicht von General Spiro Zogian niedergeschlagen worden sei.

Sie hörten es im Radio und staunten.

„Das ist natürlich nicht die volle Wahrheit", sagte der General, „nur die amtliche Version, wie sie in die Geschichte eingehen wird."

„Hochanständig von Ihnen", bedankte sich Norton Steward, „daß Sie uns unerwähnt ließen."

„Sie sehen, ich habe es ganz allein geschafft", erwiderte der General listig, „eine neue Seite meiner Legende wurde heute nacht geschrieben. Aber einen Orden darf ich Ihnen doch überreichen, Gentlemen."

„Wie wär's mit einem Bad und einem Bett?" schlug der Italiener vor.

*

Als Urban erwachte, schien über Tirana die Sonne. Eine Pioniereinheit der skipetarischen Armee hatte die deutsche Do-27 aus dem Palastpark entfernt und zum Flugplatz gebracht. Dies weniger aus praktischen, denn aus optischen Erwägungen. Vielleicht hätte der eine oder andere die Frage gestellt, wie dieses storchenbeinige Flugzeug ausgerechnet hierher kam.

Sie erfuhren, daß der General dafür gesorgt hatte, daß das Geld aus dem schottischen Raub, soweit es sich in Albanien befand, sichergestellt worden war. Es hatte sich in Verwahrung eines dicklichen Ukrainers, der mit heller Fistelstimme Englisch sprach, befunden. Er hatte im Namen der Regierung der

UdSSR protestiert, aber die Albaner hatten ihn kurzerhand eingesperrt.

Beim Frühstück ergab sich, daß die Lage nicht nur gerettet war, sie hatte sich regelrecht entspannt.

Die Sowjets waren dermaßen geschockt, daß sich ihre Panzer bereits tief ins Innere Bulgariens zurückgezogen hatten, und aus Moskau liefen Glückwunschtelegramme für General Spiro Zogian ein.

Der General bat die Männer der Kommandoeinheit 33, noch als seine Ehrengäste zu bleiben. Da sie aber befürchteten, von ihrem inoffiziellen Einsatz könne doch noch etwas durchsickern, lehnten sie dankend ab.

Mila zog Urban auf den Hotelbalkon.

„Bleiben wir zusammen?“ fragte sie. „Mit dir, das ist zwar nicht alles, aber ohne dich ist alles nichts.“

„Wir sind nicht füreinander bestimmt“, antwortete er.

„Was soll ich tun“, reagierte sie verzweifelt, „was willst du, daß ich mache? Soll ich aufhören zu atmen?“

„Du lebst weiter wie bisher, und ich werde so weiterleben wie bisher.“

„Und du glaubst, daß dir das gelingt?“

„Nein“, gestand er, „aber ich gebe mir Mühe.“

„Du zwingst dich also dazu?“

„Weil es besser ist so.“

Sie packte die wenigen Sachen, die sie besaß, und machte einen letzten Versuch.

„Kommst du mit nach Athen, Monti?“

„Ich habe in München zu tun.“

„Ich werde vielleicht deinen Schutz nötig haben.“

„Eine Frau wie du“, es fiel ihm verteufelt schwer, sich auf diese Weise herauszureden, „kann sich alleine helfen.“

Drunten wartete die Limousine des Generals, die

Norton Steward, Emile Amato und Urban noch einmal zum Regierungspalast bringen sollte. Wahrscheinlich ging es um die angedrohten Orden.

Mila umarmte Urban und hielt ihn fest. Er ließ es über sich ergehen.

„Ich warte am Flugplatz“, flüsterte sie.

Er riß sich los, blickte ihr noch einmal in die Augen.

„Dann gute Reise!“ wünschte er und eilte die Treppe hinunter.

ENDE

MISTER DYNAMIT Band 162

Der Waterloo-Effekt

C. H. Guenter

Schwere Rückschläge zwingen die großen Gangster Europas zur Geschäftsaufgabe. Noch einmal legen sie eine Million Dollar zusammen, um den Super-Tip aus Moskau zu verwerten.

Einer von ihnen muß sich die Summe erst aus einem Lohngeldtresor besorgen. Dabei gerät er in die Fänge von MISTER DYNAMIT.

Dieser versucht sich in das Gangsternest einzuschleichen. Es mißlingt, aber nun weiß er, daß mit dem geplanten Coup die Weiterexistenz der Zivilisation auf dem Spiel steht.

Ein sowjetisches U-Boot mit geheimen Containern an Bord verschwindet im Pazifischen Ozean. Ein Container taucht wieder auf. Um ihn entbrennt nun der Kampf zwischen den Geheimdiensten, der Mafia, US-Gangstern und der Roten Armee.

Auch sie erleidet eine Niederlage.

DER WATERLOO-EFFEKT

der schon Napoleon Bonaparte zum Verhängnis wurde, holt sie alle ein.

DYNAMIT-Leser
blicken hinter die Kulissen des Weltgeschehens